青屍《あおし》

警視庁異能処理班ミカヅチ

内藤 了

講談社
タイガ

——警視庁本部及び警察庁を含む中央合同庁舎ビルが建つ場所は大老井伊直弼《いいなおすけ》が暗殺された桜田門外、豊後杵築藩松平《ぶんごきつきまつだいら》家の跡地であり、上空から見ると奇態な形状をしているが、それが奈落《ならく》に滾《たぎ》る怨霊《おんりょう》を鎮めるための『呪《しゅ》』であると知る者は少ない——

主要登場人物

【ミカヅチ班】警視庁の地下を間借りしている警察庁の研究班

安田《やすだ》怜《れい》――エンパス系霊能力者　警察庁外部研究員。

折原堅一郎《おりはらけんいちろう》――首なし幽霊　もと警視正・ミカヅチ班最高責任者。

土門一平《どもんいっぺい》――陰陽師《おんみょうじ》　土御門《つちみかど》家の末裔《まつえい》・警視庁警部・ミカヅチ班班長。

広目《ひろめ》天《あまね》――盲目の霊視能力者　警察庁外部研究員。

松平《まつだいら》神鈴《みすず》――虫使い　豊後杵築《ぶんごきつき》藩松平家の末裔・警察庁職員。

極意京介《ごくいきょうすけ》――悪魔憑《つ》き　警視庁捜査一課の刑事・通称赤バッジ。

【三婆ズ《サンババー》】ミカヅチ班の外注先である特殊清掃業者

武者小路《むしゃのこうじ》リウ――白髪痩軀《そうく》で男好き。

大善《だいぜん》千《せん》――ドレッドヘアで熊《くま》体形。

小宮山《こみやま》かつ子《こ》――毒舌の漬物名人。

極意真理明《ごくいまりあ》――――赤バッジの妹　アメリカで闘病中。

目次

デザイン・写真 ― 舘山一大

青屍《あおし》

警視庁異能処理班ミカヅチ

――見よ、青白い馬が出てきた。

それに乗っている者の名は「死」であり、黄泉《よみ》なるハデスを従えていた。

彼らには地の四分の一を支配する権利と、剣《つるぎ》、飢饉《ききん》、死、そして地の獣らと共に人を殺す権利が与えられた。


ヨハネの黙示録6章8節・意訳――

プロローグ

今にして思えば、それは突然始まったのだった。

明るく元気で、ときに口うるさくて生意気で、けれど大事な妹がキッチンで動きを止めて振り向いた、あのときに。

とても気持ちのいい朝で、窓辺に置かれた小ビンのハーブに朝の光が降り注いでいた。

俺はコーヒーメーカーの前にいて、「おまえも飲むだろ?」と振り返り、そして妹のエプロンにポタポタと血が垂れているのに気がついたんだ。

あのときの、真理明《まりあ》の目。

──お兄ちゃん……──

真理明は声を発しなかったが、瞳《ひとみ》が恐怖を物語っていた。

マグカップとコーヒーポットを置くより早く、真理明は立ったまま血を吐《は》いて、ドーンと真後《まうし》ろにひっくり返った。

その瞬間が、今もスローモーションのように脳裏に浮かぶ。

ウソだろ。吐血で窒息しそうな妹の体を横に向けると、彼女はさらに血を吐いて、為《な》す術《すべ》もなく目を見開いた。救急車を呼んだあと、サイレンが聞こえてくるのをどれほど待ったか、どれほど神に祈ったか……。

そうだ……あのときはまだ、祈る相手が神だった。

赤バッジこと極意《ごくい》京介《きょうすけ》は、警視庁捜査一課へ向かうエレベーターの中で、始まりの日を顧みていた。人々が降りて、また乗って、目の前に彼らの背中があっても過去を見ていた。

――開腹手術が必要です。今すぐに――

手術でもなんでもやってくれ。頼むから真理明を助けてくれ。

そのときの自分を思い出して深呼吸する。

俺はさぞかし惨《みじ》めな顔をしていたのだろう。真理明よりも蒼白《そうはく》だったかもしれない。

たった一人の家族を喪《うしな》う恐怖は今も同じで、自分のことなら我慢できても、案ずる以外にできることがない毎日はあまりに苦しい。

だが、手術を終えた医者はこう言った。

――胃をほとんど切除しました。組織は病理検査に出していますが……極意さん、妹さんの胃は壊死《えし》していました。出血はそこからですが、それだけでなく……――

――え――

医者は困惑の表情だった。

――……それはどういうことですか――

原因がわからない。だから治療法もわからない。臓器が次々に腐っていく病気。

赤バッジは拳《こぶし》を振り上げそうになり、エレベーターの中だと気づいて太ももを打った。

前にいた人が怪訝《けげん》そうに頭を動かしたので天井に視線を逸《そ》らすと、またも過去が蘇《よみがえ》る。

――妹さんを助けられますよ――

クソ、と赤バッジは心でつぶやく。

そう言ったのは別の医者だった。薄っぺらで、ヒラヒラしていて、いつの間にか目の前に立って微笑《ほほえ》んでいた。あの医者の顔はどうやっても思い出すことができない。足元から白衣へと視線を動かし、顔にかかると、笑みを浮かべた白い仮面が浮かぶのだ。かたちだけの顔。かたちだけの笑み。そういうモノの存在を、俺は知りもしなかった。

アレはたぶん待っていたんだ。俺が神を呪《のろ》うそのときを。

そして医者の姿を借りて言いに来た、助けられると。

「……クソ」

今ならば、もしくはそれが真理明のことでなかったならば、医者のかたちをしたモノの不気味さや不自然さに気づけたかもしれない。『助けられます』なんて本物の医者が、軽々しく請け合うはずがないじゃないか。

――助けてください、お願いします。できることはなんでもします――

平身低頭拝み倒していた俺を、アレは嗤《わら》って見ていたのだろう。その目が黄色く燃えていようが、白目が赤かろうが、牙《きば》があろうが、伏した俺にはわからなかった。

チーン、と音がして扉が開くと、赤バッジはドア枠に拳を叩《たた》きつけてエレベーターを降りた。そして真《ま》っ直《す》ぐ警視庁捜査第一課へと向かっていった。

同じ建物の地下三階。荷物用エレベーターしか通じていないフロアに、異能処理班ミカヅチのオフィスはひっそりとある。

異能者のみで構成されるミカヅチ班は、怪異が起こした事件を人が起こした事件に偽装して隠蔽《いんぺい》するのが職務であり、被害者の保護や救済は行わない。統括責任者は首なし幽霊、班長は陰陽師《おんみょうじ》、ほかに警察職員の虫使いと、研究員の霊視能力者、同じく研究員の霊能力者で構成される。赤バッジは捜査一課の刑事だが、怪異が起こした事件をミカヅチ班へと繋《つな》ぐ連絡係だ。

十一月中旬。

東京都心の月平均気温が百年前の記録を更新して過去最高となり、秋が深まる気配も、冬が来る気配も薄い。シトシトと降っていた雨がようやく上がると、雲間に覗《のぞ》く空に午後の暑さが気になるほどだ。

これが十一月の陽気だろうかと、ミカヅチ班の下《した》っ端《ぱ》研究員・安田怜《やすだれい》は不安を感じる。薄手のパーカーにデニムパンツ、書籍で膨《ふく》らんだリュックを背負って警視庁本部へ出勤していく途中でも、街路樹のユリノキはほとんどがまだ紅葉しておらず、ここ数年は吹く風の冷たさではなくクリスマスイルミネーションの始まりで季節を知るような有様《ありさま》だ。それはまるでなにか目に見えない大きなものが、手始めに季節を奪い去ったとでもいうように。

庁内に入ると、怜は認証装置にIDカードをかざしてゲートを通り、建物の隅《すみ》の外れにある荷物用エレベーターで地下三階へと下りていく。

シェルターや備品庫や保管庫ばかりが並ぶ暗くて長い廊下を進むと、行き止まりにある鉄の扉の前に立ち、またも認証装置にIDカードをかざしてパスワードを打ち込んだ。

地下三階はほかのフロアより気温が低く、ゾッとする気配が漂っているが、この薄暗い場所でドアが開くのを待つ瞬間が怜は好きだ。ミカヅチ班のオフィスは職場だが、一間に布団しかない住まいより、ずっと『自分の居場所』に思える。仲間がいて、必要とされている実感がある。怜にはそれが何より大事なことだった。

ドアが開き、ガランと広いオフィスの奥に地縛霊となった警視正を見るとホッとする。

警視正は今日も顔色がよくて、とても死人と思われない。今朝は手前のデスクに神鈴《みすず》がいて、当番勤務明けの軽い朝食を摂《と》っていた。デスクの機器を汚さぬよう椅子《いす》を思い切り後ろに引いて、両脚をブラブラさせながらシリアルバーをかじっている。

「おはようございます」

入口で頭を下げながら、

（シリアルバー食べてる神鈴さんって、ハムスターみたいだな）

と思う。

「安田くん、おはよう」

警視正が言い、

「おは、よ」

神鈴は喉《のど》が詰まってパック入りの白い牛乳を飲んだ。ストローを咥《くわ》えた口元が幼児のようでかわいらしいが、口を開けばズバズバとものを言う性格だ。

土門《どもん》班長と広目《ひろめ》はまだ出勤していない。大抵は怜が最初にここへ来て、交代に当番勤務の仲間がシャワーを浴びに行くというのがルーティンだ。下っ端研究員の怜には、みんなに朝のお茶を淹《い》れるという重要任務が課せられている。

「ズズ」

と音を立てて牛乳を飲み干すと、神鈴は中身が飛び出さないようストローを咥えたままでパックを畳み、ゴミ箱に捨ててからシャワー室へ入っていった。

警視正は頭部を外してデスクに載せると、櫛《くし》で髪を整え始めた。両目は頭部についているのに、体と向き合って髪を梳《す》けるのがすごいと毎朝思う。彼は平将門《たいらのまさかど》の首塚《くびづか》で首を斬《き》られて幽霊になり、自分の髑髏《どくろ》に依《よ》り憑《つ》いている。首と体は離れたままだが、本人はそこをたいそう気に入っているらしい。

怜は自分の椅子にリュックを載せて、中から本を取り出した。いずれも悪魔関係の書籍で、数冊を揃《そろ》えて赤バッジのデスクへ置きに行く。『悪魔の辞典』、『悪魔の書』、『悪魔の予言』に『悪魔の呪文《じゅもん》』……日本語で書かれたそれらの書籍はすでに赤バッジのデスクを占領してしまう勢いだが、読まれた形跡はほとんどない。そろそろ置き場所がなくなるな、と思いながら一冊を引き寄せて、禍々《まがまが》しい悪魔が描かれた表紙をめくって目次を読んだ。

そしてこう考えた。

商業目的の本じゃなく、中世のギガス写本の欠けた部分やラテン語の魔書を調べなければ、悪魔との契約を反故《ほご》にする方法はわからないんじゃないだろうかと。

「てか……そもそも極意さんは本を読む気があるのかな」

赤バッジが読みやすいよう類型的に仕分けていると、おでこに乳液を叩《たた》き込《こ》みながら神鈴がシャワー室を出てきて言った。

「本で写真が隠れると、極意さんが怒るわよ」

赤バッジのデスクは、透明保護マットの下に真理明の写真が挟まれている。

「でも、本を所望したのは極意さんですよ」

「そうなの？　私はまた安田くんのお節介《せっかい》なんだとばかり」

神鈴は怜の隣に立って一冊をパラパラめくる。石鹸《せっけん》とシャンプーの香りがした。

「またってヒドくないですか、またって」

「実際にそうなんだから前言撤回しないわよ……ねえ、でも、これのどこかに答えが書かれているとホントに思うの？」

本を閉じ、別の本を引き寄せて、またくる。魔法円の描き方、召喚の呪文や貢ぎ物、悪魔の種類とその役割……一見すると必要な情報があるようでいて、本当に大切なことは書かれていない。

「ぼくは全部読みましたけど、どれも悪魔との契約は絶対だとしか書いていなくて……あと、徒《いたずら》に読者の興味を惹《ひ》こうとしている魂胆が見え見えで、頭が痛くなるんですよね」

「なんでよ。頭？」

「悪意の毒に中《あた》るんです。これって全部、罠《わな》でしょう？」

「たしかにな」

と、警視正の首が振り向いた。

警視正は部屋の最奥、巨大な扉の前にデスクを置いて座っている。

壁一面を覆《おお》うほど大きな扉は、異能者にしか見えない文様が赤く浮かんで、それが形を変えていく。広目はその扉を『最終兵器《リーサルウェポン》』と呼び、土門の一族は単に『扉』と称し、神鈴の松平家《まつだいら》では『道』と言い習わしてきたという。扉の奥に何が隠れているのか不明だが、開いたときは『終わり』なので、ミカヅチ班は扉を守るためこの場所にオフィスを構えているし、警視正は盾となって扉の前にいる。

その警視正が感慨深そうに、

「オカルト関連の書物はことごとく悪魔の罠だと言いたいわけだな」

首なしの身体《からだ》で腕組みをする。

「個人的にはそう思います。その道に長《た》けた人物が後継者のために記した書物は別として、興味を煽《あお》るだけのオカルト本は危険だなって……罠だろこれ、って思うんです。死者と話すとか蘇らせるとか、心を操るとか呪い殺すとか、それって人間の能力を超えてますよね？　できないことを知っているから悪魔に頼る。悪魔なんていないと思っているから興味本位でそれをやる。危険なことです……安いオカルト本を読んでると、陰謀の臭《にお》いで頭痛がします」

「あちらの世界を知ってしまうと、こちらの世界は陰謀だらけだ。ところが普通の者にはそれがまったくわからんのだよ」

「安田くんは特に敏感なんじゃない？」

「でも……神鈴さんは感じませんか？　こういう系の本を見続けていると」

神鈴は軽く首を傾《かし》げた。

「そもそも見続けようと思わないし、無理なのよ。私はただの虫使いで、安田くんや広目さんほど感覚が鋭敏じゃないんだもん。でも、まあ、背徳的な感じがするのはわかるかも……マルチ商法みたいな？　こんな方法で簡単に人を呪えますよ、悪魔を呼んで使役できますよ、それで自分がカモになるってことでしょう？」

たしかに罠ね、と神鈴は言った。

ちょっと違うと思ったが、上手《うま》く説明できないので黙っていた。

「でも、まさか……極意さんがこういう本を読む気になるとは思わなかったわ。自分の悪魔憑きについては達観しているようだったから」

「全然まったく真剣に読んでませんけどね」

怜が言うと神鈴は苦笑して、

「書物に答えがあるといいのに」

と、静かに言った。

「おはようございます」

穏《おだ》やかな声がして土門班長が出勤してきた。警視正の前に行って挨拶《あいさつ》してから、赤バッジのデスクに積み上がった本を見る。

「答えが書物にあるという考えを、私は否定しませんよ」

カバンを置いて椅子を引き、お地蔵さんのようにニコニコ微笑む。

「書物に書かれているのは言葉です。そして、私のように術を使う者なら知っていますが、言葉は力なのですよ」

赤バッジのデスクに積み上がった本の山を、土門は眺《なが》めながら言う。

「はじめに言葉ありき。言葉は神と共にあり、言葉は神であった……万物は言葉によって成り……というような一説が、たしか、新約聖書にもあったと思います」

「ヨハネの福音書ですね」

と、怜が言った。

「神社の宮司が神前で申し述べる祝詞《のりと》、仏教のお経も然《しか》り、陰陽師が用いる呪文もつまりは言葉です。言葉は道です。相手が人であれ悪魔であれ、妖怪《ようかい》でも幽霊でも、おそらく神であったとしても、意思を繋ぐのは言葉ですからね。悪意の言葉は悪意を運び、愛の言葉は愛を運びます。書物にあるのは言葉ですから、答えやヒントはあるはずですよ。本当のところを読み取る力と能力と執念があれば……安田くん。ところで朝茶をお願いしますよ」

「あ、そうだった」

土門はフレンドリーで飄々《ひょうひょう》としているが、ときどき見せる眼光は鋭い。

怜は給湯室へ飛び込んでヤカンを火にかけ、バケツとダスターを持って戻った。すると赤バッジのデスクに広目が立って、積み上がった書物に手を置いていた。

「広目さん、おはようございます」

「おはよう」

広目はガラス玉のような目を怜に向ける。普段は目を閉じているから、たまに見つめられるとゾクリとする。その顔に一瞬だけ人ならぬモノが宿るのを感じるからだ。

広目天《ひろめあまね》は盲目の霊視能力者で、眼窩《がんか》に水晶の眼球を入れている。それが眼底を朧《おぼろ》に映し込むのだが、霊能力を持つ怜はそのさらに奥、広目が本来いるべき場所の気配を感じ取る。彼は指先で書籍をなぞりつつ、

「コレクションでもしているつもりか？　読まずに増えていくばかりではないか」

と、皮肉を言った。優美な姿態に長い髪、そこにいるだけで絵のようだ。

「読む気があるだけ進歩と思うわ」

神鈴が言うと、

「たしかにな」

と、頷《うなず》いた。

「まさかあいつが、己の運命を変える戦いを選ぶ気になろうとは……」

そして怜を振り向いて、

「……バカの効能」

と、ブツブツ言った。

「なんですか」

広目はかまわず席に着き、

「お湯がピーピー言っていますよ」

土門が給湯室へ駆けていく。

いつもと変わらぬミカヅチ班の朝だったが、扉の前に陣取る警視正だけは、体に頭を戻しながら、首を回しすぎた素振りで扉を見ていた。

鋼鉄の扉に浮かぶ奇妙な模様は、赤いペンキで殴り書きでもしたかのように、一部が乱れて霞《かす》んできていた。

其《そ》の一　残虐な死体

真夜中でも、噴水広場までなら不気味さを感じない。街灯の光が石畳に映えて、モザイクのような雲が湧《わ》く空が都会の夜を演出しているからだ。

だが、木々が密集したエリアに入るとその雰囲気はがらりと変わり、風のぬるさを不気味に思う。街灯もなく、あたりは暗い。夜の上野恩賜公園《うえのおんしこうえん》は想像以上に暗さが勝る。人々が行き交う日中と比べればなおのこと、怖い気配が地下から湧き上がってくるかのようだ。この場所は血塗られた歴史を秘めていて、暗闇《くらやみ》ではそれを隠しようもない。

時は幕末。征夷大将軍徳川慶喜《せいいたいしょうぐんとくがわよしのぶ》を護衛していた彰義隊《しょうぎたい》は、慶喜が水戸《みと》へ退去した後も上野の山に留《とど》まって新政府に反抗し続けた。しかし慶応《けいおう》四年（一八六八）旧暦の五月十五日。新政府軍は彰義隊を皆殺しにすべく退路を断って囲い込み、最新鋭の武器を持つ討伐部隊を送り込む。彰義隊は為す術もなく、わずか一日で壊滅させられたのだった。

上野戦争の戦死者は二百名以上。屍《しかばね》は見せしめのため回収を許されず、数年にわたって放置された。遺骨が埋葬されたのは明治になってからだが、それまではこの山で野ざらしになった戦士の霊が、恨んだり泣いたり呪ったりしていたはずだ。

史実を知って真夜中の園内を歩けば、雑木の下や石碑の奥、池の畔《ほとり》や建物の陰《かげ》、湿った草の根元からさえも、死者が恨みがましく覗いているような気配を感じる。薄いライトに古い建物が浮かび上がって、無人の窓辺に佇《たたず》む故人をうっかり見てしまう気さえする。時を経《へ》た建物はそれ自体が幽霊のようだ。

午前三時十五分。月は沈んで暗闇だった。

トイレを出てきた酔っ払いが一人、ズボンのファスナーを上げながら国立西洋美術館の前を行く。足元だけ見て暗闇を歩き、顔を上げると、前庭の彫像が夜空に浮かんでハッとする。空気はぬるく、沼地のような生臭さを感じた。

ブルルルル……

どこかで馬の鳴き声を聞いた気がした。そして男は吐く息の白さに気がついた。突然空気が刺すように冷え、地を這《は》うような霧が出た。それはあたかも水に溶けゆく墨のごとくに濃い部分と薄い部分が折り重なって、薄物が風に舞うかのようだ。

なんだ？

そう思う間にも風景は霞んで、右も左も灰色の闇に変わった。

ブルル……と、また馬が鳴く。脚で地面を蹴《け》る音もした。

動物園から馬が逃げたか？　まさかな。と、笑う。

ブルルルル……

いや、たしかにこれは馬が鼻を鳴らす音だろう。

冷気が肌を刺してくる。霧はますます濃くなって風景を覆い隠し、自分がどこにいるのかわからなくなる。右も左も前後も霧で、街灯の光もどこかへ消えた。

カッ、カッ、カッ……蹄《ひづめ》の音は近づいてきているようだ。男はその場でぐるりと身体を回したが、霧の上部にほんのわずかな建物の影が見えるだけ。腰から下は濃霧の海で、棚引くそれが胸のあたりを浮遊していく。飛び込めば泳げるほどの濃さである。

カッ、カッ、カッ……そしてブヒヒーン！ と嘶《いなな》きがして、唐突に目の前で軍馬が前脚を蹴り上げた。あっ、と思うが早いか胴体を刺《さ》し貫《つらぬ》かれる感覚があり、気づけば馬上に囚《とら》われていた。

標本箱に留められた虫さながらに動けない。何が起きたかわからないまま、馬鎧《うまよろい》の前弓《ボウ》が着衣に食い込み、鞍《くら》の堅さが内臓を突き上げた。

男は恐怖に慄《おのの》いたが、このときはまだ、先に待つ本当の恐怖を知るよしもなかった。


ミカヅチ班のオフィスは無人にならないように調整される。週に一度は夜勤があるし、日曜や祝日も誰かが当番勤務に就いている。

十一月二十三日。勤労感謝の日は怜が休日出勤を買って出た。家族もいないし彼女もいない。特に趣味があるわけでもない。アパートにはテレビもないし、冷蔵庫もない。それなら出勤しているほうが自分を惨めに思わずにすむ。しかも業務が楽だった。

ほかのメンバーが休みの日には地縛霊の警視正と二人だけ。朝昼晩にお茶を淹れて警視正に供えるほかは特にやることもない。電話も鳴らないし、書類業務があるわけでもない。当番が独《ひと》りで怪異の隠蔽に赴くこともない。件《くだん》の扉に変化がなければ、これで給料をもらっていいのかと思うほど平和に一日が過ぎていく。

この日、怜は警視正に朝のお茶を淹れた後、赤バッジのデスクで悪魔の書物を調べていた。言葉は神だと土門は言った。ならば書かれたことの奥底に、秘められた何かがあるのかも。そう思って読み返したが、雑学として興味深いだけで求める情報は見つからなかった。恋を成就させる技、呪いの儀式に魔法薬、死者の魂を復活させる技など、オカルトを餌《えさ》に生者の魂を釣り上げようという悪魔の魂胆が垣間《かいま》見えるばかりの内容だ。

「不思議です。中世の錬金術師はこれを本気で研究していたんでしょうか」

独《ひと》り言《ごと》のようにつぶやいて警視正を見ると、彼は腕組みをして目を閉じたまま、

「生前も今も、私はそっち界隈《かいわい》に詳しくないが――」

と、静かに言った。

「――錬金術師が異能を持った者だったなら、相応の効果を生んだのではと思うがね」

「あ、そうか。そうですね」

怜は頷く。自分だって思いがけず仲間を得たわけだから、知らないだけで異能者は案外たくさんいるのだろう。そうなると、異能者のつもりで本を読んだらいいのかな。

「土門班長の術や神鈴さんの虫、広目さんの霊視やぼくのエンパスも、普通の人には魔術に見えるってことなのかもしれないですね」

警視正にそう言いながら、怜は希望の欠片《かけら》を繋ぎ合わせようと努力している。だとすれば、普通の人ではなくてぼくらなら、錬金術師や魔術師のように悪魔と渡り合えるんじゃなかろうか。そうすれば、上手くやったら、極意さんから悪魔を引き離せるのでは？　異能を用いて神霊に干渉するのがよくないことはわかっているけど。

警視正はおもむろに目を開けて、怜のほうを真っ直ぐに見た。

「安田くん。言っておくがね、ことに当たるとき希望的観測で解釈するのは危険だぞ。そんなことをすれば手痛いダメージを喰《く》らうからな。私はただの幽霊だがね、班のみんなと付き合ううちに、わかってきたことがある。それは、異能者が正しくパワーを発揮するには、絶対的に健全なメンタルが必要だということだ」

警視正の言いたいことはわかる気がした。力の元がどこから発するかは重要だ。悪意や怨《うら》みなら呪いになるし、善を為そうとするときは、自分の力が乏《とぼ》しくても、どこからか力が集結してくるように思う。

「最近、よく考えるのだが――」

首をカクンと傾けて、警視正はさらに言う。

「——きみがこの班に来た理由だよ」

「寒空で路頭に迷っていたぼくを、班長が見かねて……」

家も職場も失って公園で野宿していた怜を拾ったのが土門であった。

「それは流れの一部に過ぎない」

首を九十度に傾けたまま、警視正はニタリと笑った。

「きみが路頭に迷ったことすら流れだったのではと、私は考えているのだよ……当然ながら私がこんな『体』になったのも、同じ流れのせいではないかとね」

怜は椅子を回して警視正を見た。彼の後ろで件の扉が、赤い文様をうねらせている。

「どんな流れですか？」

「時代の変わり目とでも言えばいいのか、必然がもたらす変化の先触れだよ」

「変化の先触れとは？　どんな変化ですか」

「それがわかれば」

警視正はまた笑い、扉の模様は動きを止めた。そのとき、リー、リリリー、とミカヅチ班の電話が鳴った。怜は素早く席を立ち、受話器を上げてこう言った。

「はい。警察庁犯罪研究室です」

電話が外部からだったので、ミカヅチ班を名乗らない。すると、

——もしもし……あの……わたしは……——

予想に反して弱々しい女性の声がした。

一瞬でそれが誰かに思い当たって、怜は心臓がバクンと跳ねた。

「もしかして……真理明さん？」

肉声を聞くのは初めてなのに、間違いないと怜は思った。

受話器を通して感じるオーラが赤バッジの妹真理明のものだ。思わず赤バッジのデスクに目を向けてみたものの、本が写真を隠して彼女の姿は見られなかった。

——やすだ……れい……さん？——

「そうです、安田です。でも……どうして名前を？　ぼくのことを？」

アメリカの病院に入院中の真理明とは、ほぼ毎日会っている。

生身の体ではなく夢で会いに行っているのだ。眠りにつく彼女の意識に入り、夢枕《ゆめまくら》に立って痛みや苦しみを肩代わりする。やり方はこうだ。

先《ま》ず彼女のベッドの脇《わき》に立ち、自分の全身を白い光で包み込む。光を渦巻き状にして、足元から頭上へとエネルギーを飛ばす。次に彼女の患部に触れて、生きる力を餌とする悪いモノを自分に移す。抱《かか》えてしまうと憔悴《しょうすい》するから、光の渦に乗せて放出するのだ。真理明の苦しみを肩代わりすることだけを願って魂を飛ばしているうちに、方法を正しく実践できるようになり、それ以降は、絶望と闘病の苦しみで死を意識していた真理明が少しずつ快方に向かっていると、赤バッジから聞いている。

でもまさか、彼女と直接電話で話せる日が来ようとは。

──ほんとうに、いた……──

真理明がニッコリするのがわかって、怜は鼻をグズグズ言わせた。

──お兄ちゃんから聞いたんです。天使の名前──

真理明には光る怜が『クルクルパーマの白い天使』に見えるらしい。天使が来るとよく眠れると、彼女は赤バッジに報告し、赤バッジはそれが怜だと気がついた。

「真理明さん。体調はどうですか?」

クスクス笑う声がした。

──信じられない……私……いつも……夢かと思って……体調は、いいです。今日は口からゼリーを食べました──

「すごい。よかった、すごいです」

──安田さん──

ありがとう。と言って、電話は切れた。

ふいに怜は言いようのない不安に襲われ、受話器を握ったままで警視正を見た。

「……電話が切れました」

もしや真理明はあの世から電話してきたのでは。

だから、もし、警視正があの世を覗いて、そこに真理明がいたのなら……。

警視正が口を開くより早く、オフィスのドアが開いて赤バッジがやってきた。心臓をつかまれたように痛みを感じて怜は怯《おび》え、赤バッジが警視正に挨拶をして振り返るまで、受話器を置くこともできないでいた。

「お疲れ様です」

警視正に頭を下げると赤バッジはクルリと怜を振り返り、ツカツカと寄ってきて受話器を取り上げ、電話機に戻した。そしてニッと牙を覗かせてこう訊《き》いた。

「真理明と話したか――」

怜は目をパチクリさせた。

「――あれ、話さなかったか？　電話が来たろ」

赤バッジは背が高く、強面《こわもて》で眉毛《まゆげ》もないが、声だけはゾクゾクするほどイケメンのテノールだ。その美しい声でささやかれ、怜はようやくあれが本物の真理明だったと納得できた。ホッとし過ぎて笑顔が引きつるほどに。

「来ました。話しました。極意さんがぼくのことを伝えてくれたんですってね」

赤バッジは怪訝そうに眉根を寄せた。

「そうだよ？　それでどうしてホッとしてんだ……あ？　まさかテメエ」

「いえ、そうじゃなく、そうじゃなくっていうか……えっと、あの……」

「しどろもどろになってんじゃねえぞコラ」

ギザギザの牙を剝き出《むきだ》したので、怜は両腕でブロックしながら、

「だって驚くじゃないですか、まさか電話をくれるほど元気になってきたとは思わず」

「だから？　だからなんなの？　言ってみな？　まさかテメエ、真理明があの世から電話してきたとか思っていたんじゃねえだろうな」

「違います、違いますって――」

バッテンにした腕で自分を庇《かば》いながら、

「――ゼリーを食べたと言ってましたよ」

そう言うと、赤バッジは振り上げた拳を止めた。

奥のデスクで警視正が言う。

「おお、それはよかったな、極意くん。やはり生きた人間は口からものを食べないと。点滴だけでは力がつかない。食べられるようになると回復も早いぞ」

「恐縮です」

警視正には愛想笑いして、

「ほかには？」

と、怜に凄《すご》んだ。

「ありがとうって……そこで電話が切れました」

「疲れたんだな」

彼は自分のデスクに目を落としたが、真理明の写真は悪魔の本に隠れて見えない。

「俺と会話する分をおまえに回してやったんだ。感謝しろよ」

デスクに積み上がった本は上手に写真を避《よ》けてある。それに気づくと赤バッジは、

「ヤスダ……あのな、おまえに……」

とつぶやいてから、

「いや。なんでもない」

と、頭を振った。手前の本を奥に積み、写真の位置を手前にずらした。

隣に並んで写真を見ながら怜もつぶやく。

「食べられるようになってよかった……ホントによかった」

初めて真理明を見たときの衝撃が、怜は今も忘れられない。人はこんなになってもまだ死ねないのかと思うほど、痛ましい姿をしていた。

「数値もよくなってきたし……俺は希望を持っていいのか?」

けれどもそれには怜も、警視正も、答えられない。

写真の真理明は若く清楚《せいそ》で美しく、幸せの塊《かたまり》みたいな笑顔をしている。けれども怜が知る彼女は体中にチューブを繋がれ、骸骨《がいこつ》に皮膚がくっついたような姿でベッドにいるのだ。薄い身体は骨だけのようで、髪はほとんど抜け落ちて、腕や足には斑《まだら》に痣《あざ》が浮き、掛

け布団代わりに死神の影が張り付いている。怜が吸っても吸ってもまだ消えない。

電話の声は優しげだった。力こそなかったけれど、写真の姿を彷彿《ほうふつ》させた。食べられるようになりさえすれば、そして病気が治ってくれれば、彼女はゆっくりと本来の姿を取り戻していくだろう。

怜は赤バッジの横顔を見た。そして真理明の病気が治ったら、悪魔が対価を回収に来るのだと考えた。赤バッジを地獄の犬に喰わせるか、もしくは彼の全身が悪魔のそれと入れ替えられるのを許すのか。悪魔が何を企《たくら》んで、何が欲しくて赤バッジに接触したのか知らないけれど、彼の魂が彼のものである時間はきっと少ない。

「あの……極意さん」

現代の出版物だけでなく、中世の魔術書を調べてみませんかと言おうとしたとき、赤バッジは軽く手を挙げて、自分のスマホを取り出した。耳に当てて天井を向く。

「極意です」

怜と警視正は視線を交《か》わし、赤バッジが頷いたり返事したりするのを見守った。

しばらくすると彼は通話を終えて、誰にともなく、

「ったく、勤労感謝の日に緊急事態発生だとよ」

と、吐き捨てた。警視正に身体を向けて、

「上野恩賜公園で五十代くらいの男性の変死体が見つかりました」

そして警視正の前まで行くと、

「全身血まみれで草むらに横たわっていたそうです」

怜を振り返ってため息を吐《つ》いた。

「ったく、世も末だよな」

そして書籍を読まぬまま、大急ぎで部屋を飛び出していった。


一報を受けた感想は、殺人事件だろうというものだった。

祝日の公園に集まる警察官の姿が目に見えるようだ。人が集まればメディアが食いつく。そして注目を浴びた事件となって、所轄署は解決に躍起になるのだ。

ヒマ人が集まる祝日の公園に死体を放置するなんて、どんだけアホな犯人なんだ。

地下三階から捜査一課のフロアへ戻りながら、赤バッジはため息を吐く。

「ったく……素人かよ」

エレベーターが止まってドアが開く。

凶悪事件が起きると管轄署内に捜査本部が立つ。そして本庁の精鋭部隊が応援に派遣されていくわけだ。俺みたいな連絡係には関係のない話だが、注目事件ともなればプレッシャーもデカいし、ご苦労なことだ。

一応は急ぐふりをして、慌ただしく人が動く廊下を進んだ。

だが実際は、凶悪事件が起きると刑事部はプレッシャーなどそっちのけで活気づく。刑事はトコトン因果《いんが》な商売で、でかいヤマには憧《あこが》れがあるし、血も騒ぐ。みんな自分が白星を挙げたという武勇伝が欲しいのだ。

走ってきた連中が赤バッジを追い越していく。女性警察官が書類を抱えて部屋に駆け込む。刑事部のドアは開け放たれて、

「ブン屋を入れるんじゃねえぞ！」

と怒号が聞こえる。電話で指示を出す者の声だ。

「ドローンもだぞ、ギンバエみたいに飛ばすんじゃねえ！」

赤バッジは鼻で嗤った。

真に用心すべきはメディアやプレスではなく一般人だ。狂気の現場をスマホに収め、知らん顔でネットに上げて稼ごうとする。今ごろは関連部署が血眼《ちまなこ》になって画像の漏洩《ろうえい》を防いでいることだろう。

間もなく部屋に入ろうというとき、廊下の壁に動かない人影を見たように思った。行き過ぎて立ち止まり、振り返ってそれを見た。

人影は古いタイプの制服を着て壁に寄りかかっていた人物だが、目が合うと微《かす》かに微笑んで、警帽をちょいと持ち上げた。後ろからやってきた職員が彼の体をすり抜けていく。

「……小埜《おの》さん」

小埜は七十代半《なか》ばに見える老人で、何年も前に死んでいる。古い制服は彼の現役時代のもので、遺族がそれを着せて棺桶《かんおけ》に入れたのだ。小柄《こがら》で痩《や》せ型、白髪交じりの髪がウェーブしていて、若いころは美男子だったと思われる。

小埜の背後にもう一人、壁にめり込むようにして中年の男が立っていた。

赤バッジは周囲を見回してから何食わぬ顔で二人に近づき、

「真っ昼間ですよ？　しかもここは捜査一課で……——」

壁にささやくようにして言った。

「——なにやってんですか」

小埜はニタリと微笑んで、

「なにって、職務に決まってるだろう」

隣にいる目つきの悪い中年男は、制服ではなくスーツを着ていた。捜査一課の証《あかし》である赤バッジと記章が付いたスーツは血まみれで、肩から首にかけて肉がえぐれて吹き飛んでいる。おそらく近距離から散弾銃で撃たれて死んだのだ。まさか……。

「数年前に殉職された……捜一の北島《きたじま》課長ですか？」

訊くと相手はニヒルに笑った。

「今やただの幽霊だがね」

一般人には霊が見えないので、廊下でブツブツ話しているとおかしなヤツだと思われる。赤バッジはつながっていないスマホを耳に当て、腕で身体を支えて壁に向かった。

「緊急事態で急いでんですけど」

「知っているよ。では急ごう」

小埜は平気な顔で言い、赤バッジがスマホを持って歩き出すのについてきた。

隠蔽が職務のミカヅチ班は全国の所轄に異能者の連絡係を置いている。多くは現役警察官だが、後続の異能者がいない所轄では死んだOBが継続して職務に就いている。小埜もその一人で長野県警の連絡係だ。

人は霊が見えずとも、すれ違ったり体をすり抜けたりすると冷気を感じる。赤バッジのせいではないが、廊下ですれ違うと足を止め、妙な顔をして赤バッジを振り返る。

元凶の二人はすました顔で、

「現在の捜一課長は私の部下だった男でね」

などと四方山《よもやま》話《ばなし》を交わしている。

「てか、もう部屋に入りますけど……真っ昼間にこんなところに出張ってきた理由はなんなんですか？」

もう一度赤バッジが訊《たず》ねると、

「不穏のニオイを嗅《か》ぎつけたのでね」

小埜はようやく答えてくれた。

「不穏って、なにが？」

小埜は赤バッジの肩に頭を寄せてニヤリと笑った。それだけだ。

死んだ北島課長が代わりに言った。

「今回の件で捜査本部が立ったらな、所轄署へは是非ともきみが行くべきだと、小埜先輩が言っているんだ。それで急遽《きゅうきょ》私が、あの世から連れてこられたというわけだ」

「寿命で死んだ警察官は輪廻《りんね》転生に向かってしまうが、殉職の場合は彼岸でウロウロしているからね」

「突然の死が受け入れにくいってのはわかります。昇華する時間も必要ですよ。まあ、それはともかく……」

赤バッジは北島課長を睨《にら》んで言った。

「残念ですけど、俺には声がかかりませんよ。被疑者を半殺しにする失態をやらかして、連絡係になった身ですから」

北島課長はフフンと笑った。

「その話は小埜先輩から聞いたよ。まあ、だから私がここへ連れてこられたというわけだ。なんと言っても現役刑事課長には貸しがある。彼を庇って死んだのでね」

そして赤バッジや小埜より先に、刑事部屋へと入っていった。

内部では捜査本部へ送る人選の言い渡しが始まろうとしていた。現捜査一課長や管理官がそれまで突き合わせていた顔をこちらに向けたので、どうやらメンバーが決まったようだ。その二人の元へ北島課長は近づいていく。そして捜査一課長の背後に立つと、赤バッジと小埜に向かってニタリと笑った。

「貸しがあるって？　幽霊課長になにができます？」

赤バッジが訊くと、小埜が答えた。

「まあ見ていたまえ。きみはまだ肉体があるからわからんだろうが、『うらめしや』と人を脅かす以外にも、幽霊にできることはある。

生きているとき、心は自分自身すら誤魔化すものだが、魂にはそれができない。恨みを忘れることはないが、身に受けた恩はそれに増して忘れないのだよ。だから魂同士が会話して北島くんがなにかを頼めば、捜査一課長は断れない。命の恩人である彼の頼みを、魂が退けることはできないからな」

刑事部屋には赤バッジを含め、呼び戻された刑事らが集まっている。

「極意、遅いぞ」

ドア近くにいた刑事が赤バッジにささやいて、隣へ来いと手招いた。

赤バッジはスマホをしまうとその場所に立って、最初から指令を待っていたという顔をした。小埜も隣に立ってはいるが、質量がないのでただの冷たい空気のようだ。

捜査会議じゃないので刑事は全員揃っていない。この場にいない者は捜査本部に派遣されない。捜査課長はその場の者を見回した。課長の隣に立っているのは捜査本部を指揮する管理官で、自らも所轄署に臨場《りんじょう》して署長らとともに陣頭指揮を執る。

背後に立つ幽霊には気づきもせずに、捜査一課長が言った。

「上野恩賜公園でコロシだ。被害者は五十代と思《おぼ》しき男性。現在のところ氏名等は不明。全身数十ヵ所に穴が空き、両目の傷は脳に達する深さで、これが致命傷と思われる」

刑事たちがザワついて、

「……アイスピックでも使いやがったか」

赤バッジを呼んだ同僚は首をすくめた。

「この件で上野警察署に捜査本部《ちょうば》が立つ。以下の者はすぐに移動だ」

「はい」

一同が応《こた》えたあとで、捜査一課長は、

「加藤《かとう》、竹田《たけだ》……」

と、臨場する刑事の名を呼んだ。赤バッジにウインクをして、死んだ北島課長が今の課長に憑依《ひょうい》する。二つの体が重なって見えた次の瞬間、捜査一課長は半眼になって首を回すと、その視線をジッと赤バッジに注いだ。

「そして極意——」

隣で管理官がポカンとしている。課長の腕に触れ、耳元でなにかささやいたが、

「──行け！」

課長が号令を出したので、それ以上の追及をやめ、先陣を切って部屋を出た。

「聞いたか？　おい」

と、同僚が言う。

「現場復帰か？　やったじゃないか」

赤バッジは嬉《うれ》しそうな顔ひとつせず、同僚の肩に手を置いただけで身を翻《ひるがえ》した。

「死人の労力を無駄にするなよ？」

背後で小埜がそう言って、冷たい空気が消えていくとき、現課長の脳天あたりからも白い煙が抜け出した。赤バッジはすでに部屋を出て、管理官らの後を追いかけていた。

【上野恩賜公園における男性穴あき惨殺事件】

それが上野署の捜査本部にデカデカと掲げられた戒名《かいみょう》だった。

戒名とは刑事用語で捜査本部が受け持つ事件の名称を指す。

赤バッジらが上野署に到着したころ、現場の検視や採証活動を終了した上野署の捜査員たちはすでに地取り捜査を始めていた。それらの情報が第一回の捜査会議で報告されて、

全捜査員が共有するのだ。遺体のほうはすでに署に運ばれて警察医の見分が始まるとのことで、赤バッジは本庁の捜査員らとともに所轄の遺体見分室へ向かった。

今回捜査に加わる本庁のメンバーは十人。特例として遺体見分の機会を得たのは、それが普通のコロシとはあまりに違っていたからだ。アイスピックによる殺傷事件は珍しくないが、全身を数十ヵ所も刺された挙げ句、両目を潰《つぶ》されていたというのは異常だ。

遺体が搬入されるブースは建物の裏側にあり、そこで刑事は警察医とともに遺体を見ながら見解を交わす。さほど広い部屋ではないので、本庁のメンバーは所轄署の刑事と重なるようにして遺体を取り囲んでいた。

赤バッジらが加わるのを待って、五十代と思しき警察医が顔を上げて説明を始めた。

「穴は二種類。深さも二種類で――」

「――やや太い穴が直径一センチ程度……」

傷口に棒のスケールをさし込んで目盛を指した。

「長さは約十七……いや、十八センチに少し足りないくらいかな」

スケールを引き抜いて目の前にかざし、汚れを見ながらブツブツ言った。

「先端が鋭いトゲのような形状の凶器だ」

アイスピックもそのような形だ。だがトゲの直径が一センチもあったら、それはもうアイスピックではなく『目打ち』だろう。赤バッジは首を伸ばして遺体を覗いた。

犯人を知りたいのなら、死体から眼球を刳《く》り貫《ぬ》いてミカヅチ班へ持っていき、広目に渡せばすぐわかる。なぜなら広目には、死者の眼球を借りることでその人物が死に際に見た映像を見る能力があるからだ。

しかし全裸でステンレス台に横たえられた死体は眼球を損傷している。直径一センチ程度のトゲ状の凶器は眼球を貫通して後頭部へと抜けており、脳の内容物が鼻や耳から流れ出ている。死体を見慣れているはずの刑事たちも蒼白になって沈黙するほどだ。まだ腐乱してはいないが、ハンカチで口を押さえる者もいる。

首から下に空いた穴は大きなものが二十一ヵ所、直径五ミリ程度の小さい穴は、腕や脇などに三十六ヵ所もあるという。眼球を貫いた傷は二ヵ所で、同様の凶器が首の後ろからも突き上げるかたちで入ったらしく、そちらの傷は目の下まで達している。死者は全身の六十一ヵ所を刺されていた。

「……串刺《くしざ》し公も真っ青じゃねえか」

赤バッジがつぶやくと、所轄署の刑事らもコソコソ言った。

「ひでえ……」

「メッタ切りじゃなくメッタ刺しとは」

警察医は顔を上げ、背筋を伸ばして一同を見た。

「聞いてくれ。傷に奇妙なところがあるんだ。いいか?」

ひとりひとりを見ていって、老齢の鑑識課長と視線を交わす。

遺体は解剖前の素の状態だ。仰向《あおむ》けたり横向けたりして全身の写真を撮り終えたため、穴という穴から体液がにじみ出している。腐敗臭や内臓臭はないが、死臭はかなり濃厚だ。警察医は綿棒で傷口を拭《ぬぐ》い取《と》り、ビニール袋に入れて鑑識課長に手渡した。

「最初は目打ちか千枚通しのような道具を使ったのだと思った。ところが、傷口すべてに錆《さび》がついていた」

「錆は分析に回す」

鑑識課長が重ねて言った。

「つまりだ。いいか？　錆《さ》びた凶器を用いたとして、何度も刺せば錆は次第に落ちていく。傷口すべてに錆を残すような凶器であれば、三十六ヵ所も刺しているうちに折れたり崩れたりするだろう。だがこの遺体はそうじゃない。どの傷も同様の付着具合だ」

刑事のひとりが眉をひそめた。

「錆びた凶器を何本も用意していたってか」

「なんのためにそんな面倒くさい真似《まね》をするんだよ？」

誰かが訊いたが、答えられる者はいなかった。

「あとは傷の並びだ。これをメッタ刺しとは言わん。どうすればこんな傷になる？　おかしいだろう」

目を惹くのは無数の穴だが、そちらは規則正しく並んでいる。大きな穴は三つずつ数ヵ所に、小さな穴は、あたかも鋲《びょう》付きのベルトを内向きに締めたかのように、ぐるりと胴体を囲んでいるのだ。

「凶器は釘《くぎ》より長く、先端が鋭利な鉄製の何かだ。すべての傷に錆があることから、複数の凶器を用いたものと思われる。致命傷は頭部に負った四ヵ所の傷だ」

鑑識課長を務めた警察官はその後刑事部の長へと出世していく場合が多い。鑑識課長の言葉はキビキビとして、見るべき要所を突いてくる。続いて警察医が言った。

「頭部以外の穴については故意か偶然か知らないが、微妙に急所を外してあるよ。体が先で、頭部は後だ。不思議なことに腹部の痣以外には争ったような創《きず》もない。両手に穴が空いているが、こうすると……」

警察医は死後硬直している死体の腕にスケールを当て、胸の傷と照らし合わせた。腕の穴と胸の穴とが繋がっていると言いたいらしい。

「傷は手を突き抜けて胸に達した。だから胸の傷には錆が少ない」

「攻撃を避けようとした手を貫通して、身体を刺したというんですか？」

と、誰かが訊いた。

「傷痕《きずあと》からはそう見える。少なくとも被害者は刺されることがわかっていたんだ」

「だが現場に争った跡はない」

鑑識課長が付け足した。

死体から剝《は》がして脇に置かれた着衣は高価そうなブランド品で、着ていたときの状況を表す順番に置いてある。履いていたのは靴ではなくてスニーカーだが、それすら数十万円もする限定品のビンテージ。だが、どれも相応に着古されてはいるようだ。

赤バッジは部屋の様子をつぶさに見ながら人差し指の背で鼻を押さえた。さっきから気になっているのは遺体の死臭だ。こいつの死臭はフレッシュじゃない。もしくは、フレッシュではない死臭が混じっている。普通の人間では気づけないくらいの臭いだが。

それを嗅ぎ分けられる時点で俺はなんだ？　と、すかさず思う。どうして臭いを知っている。それが墓場の臭いだと、俺はなぜ知っているんだ？

墓を暴《あば》いたことはない。それなのに、朽ちるに任せた遺体の臭いをどうして俺は知っている。路傍に捨て置かれた無数の死体、獣や鳥に食い荒らされていく人間の臭いが、どうして俺の記憶にあるのか。

取り憑いた悪魔の嗅覚《きゅうかく》がそれを自分に教えていると、認めることは恐ろしかった。間違いなく悪魔が自分を侵食している。まさか生きながら墓場の臭いを知ることになろうとは……いつかは感情さえも失って、大切な相手を手にかけるときが来るのだろうか。死体の男もそんな輩《やから》に殺されたのか。墓場の臭いを纏《まと》った輩、俺のような悪魔憑きに。

赤バッジはグッと拳を握った。

可能なら殺人犯だけでなく、悪魔憑きや死霊憑きも逮捕してくれ。

精鋭の捜査陣は奇妙な死体にどんな反応をするのだろうと思って待ったが、有意義な意見はひとつも出てこない。

「いや……なんというか……殺し方が凝《こ》ってますよね」

「殺意より悪意を感じるな。こんなやり方をするってことは……」

「怨恨《えんこん》だろうな」

「カルトの宗教儀式とかもありそうですが」

頓珍漢《とんちんかん》な意見には思わず牙を剝き出しそうになる。

バカか、怨恨ってのは激情だぞ。ギッタギッタのメッタメッタに切り刻みはしても、凝った殺し方なんかするわけがねえ。

宗教儀式は一見ありそうに思えるが、拘束せずには殺せない。もしくは薬で眠らせるとか。そうなら自分を防御できない。こいつは意識があったんだ。数十のトゲが襲ってくるのを知っていたはずだ。そして数十ヵ所を刺し貫かれ、十分に苦しんでからトドメを刺された。そんな殺し方ができるとすれば……

居並ぶ捜査陣の顔を見ながら、赤バッジは、小埜が自分をここへ送り込んだ理由はこれか、と考えていた。

十一月二十四日金曜日の午前八時三十分。始業したばかりのミカヅチ班に赤バッジが駆け込んできて、警視正の前へ行くより先に、

「尋常じゃねえ死体が出たぞ！」

と、叫んだ。メンバーは全員オフィスにいたが、それぞれデスクに着いたまま、顔だけ上げて彼を見た。

「小埜の爺《じい》さんが現れて、俺を『帳場』へ派遣しやがった」

「はて」

と、土門は自分の席に座ったままで、

「まったく話が見えませんねえ」

と、首を傾げた。

赤バッジに召集がかかったことを知っているのは怜と警視正しかいない。赤バッジはポケットから数枚の写真を出すと、それを会議用テーブルに並べ始めた。

「昨日、上野恩賜公園で変死体が見つかって、捜一に召集がかかったんです。で、部屋に行こうとしたら、小埜の爺さんが元捜査一課長の幽霊と一緒に立っていて、今の課長に憑依して、俺を帳場へ派遣しました。見てください。これが被害者の写真です」

盲目の広目以外全員が席を立ってテーブルの周囲に集まった。それは所轄署内で死体見

分時に撮った写真であり、無惨な姿になった被害者を写し出していた。

「なんと……これは……」

土門が唸《うな》り、

「おお」

と、警視正もそこから先を言わずに黙った。

「どうやったらこんな殺し方ができるわけ？」

愛用のポシェットの蓋《ふた》をパチパチと鳴らしながら、神鈴は顔をしかめている。

数枚の写真はどれも一目で常軌を逸《いっ》した殺害方法だとわかるものだった。

「なんだ……死体はどう尋常ではない？　――」

部屋の奥から広目が訊いた。

「――中身が消えて皮だけになっているとかか？」

「バカか、人間はバナナじゃねえぞ」

赤バッジは牙を剝き出した。

「全身が穴だらけなの。ひどいわ……まるで面白がって刺したみたい……あと、残念なことに両目も潰されているから、広目さんの霊視能力は使えそうにない」

広目は眉をひそめた。

「……串刺しの落とし穴にでも落とされたのか」

「落とし穴……？」

ハッとしてつぶやいてから、

「いや、違うな――」

赤バッジはベリーショートの髪をガリガリ掻《か》いた。

「――それなら傷は体の一方向だけに付くはずだ。穴も、もっと太いか、傷痕が多くなるかのどっちかだ。今回の穴は太いもので直径が約一センチ、ほかにも直径五ミリ程度で浅い穴が身体に巻き付くように一列に並んでいるんだよ。釘付きの輪っかで胴体を締めたみたいにな」

広目は首を傾げて聞いている。説明された状況を映像にしているのだろう。

「針の山地獄に落ちた罪人みたいな死に様ではありますけどね、傷に規則性があるところがどうにも……ふうむ……ナゾですねえ」

土門が腕組みをして考えていると、

「血の池地獄や針山地獄は、あちらの観光名所になっているがな」

本気なのか冗談か、警視正がすまして言った。

「ねえ……これって……大きい穴のほうだけど、三つセットで並んでいない？　心臓の両脇と、おへその両側、左右の鎖骨の下あたりにも」

「たしかに……それに、わざと急所を外しているようにも見えますねえ――」

写真を一枚手に持つと、土門はメガネを押し上げてそれを見た。

「——拷問でしょうか……これはまた残忍なうえに痛そうな」

「あ……え？」

と、唐突に声を上げたのは怜だった。全身を正面から撮った写真を引き寄せると、赤バッジのデスクへ行って悪魔の本を何冊か持ってきた。

気配で広目も立ち上がり、テーブルへとやってくる。

怜は本をパラパラめくって内容を確かめ、また別の本を開いた。

「何をやってる、犬っころ」

と、赤バッジが訊く。

「三つ並びの細い穴、両目を破損……串刺しの落とし穴……それでピンと来たんです。その傷ってたぶん、もしかして……あった、これです」

一冊のページを開くと、閉じないよう指で押さえてテーブルに置く。

「これを使った場合と似ていませんか？」

それは半鐘に頭部をくっつけたような像のイラストだった。半鐘上の竜頭《りゅうず》部分が人の顔、胴体は半鐘よりやや細長い円錐形《えんすいけい》、前部に扉が付いて開閉できる仕様だ。扉を開けた図もあって、空洞内部に無数のトゲが突き出している。トゲは扉の内側にもあり、閉じると空洞内に入ったものが串刺しにされる構造だ。

「鉄の処女だわ」

と、神鈴が言った。

「何の処女だって？」

と、オカルトに疎《うと》い警視正が訊く。答えたのは怜だった。

「別名をアイアンメイデン。中世の拷問処刑具ですが、現存するもののほとんどが十九世紀以降に作られたレプリカだと言われています」

「知っているぞ。内部に無数のトゲを持つ棺桶状のマリア像だな――」

広目が訊いた。

「――ただし、内部のトゲは見世物用に後付けされたもので、実際に処刑に使われたかどうかは真偽不明と聞いている」

「まさにそれです、広目さん」

怜は広目に話しかけてから、赤バッジに視線を移して本を指す。

「鉄の処女にはいろいろあって、この絵は『ニュルンベルクの鉄の処女』です。これのレプリカが明治大学博物館の刑事部門に展示されているんですけど……」

そう言うと、別の本から写真を示した。

「こっちがレプリカの写真です。トゲの位置を見てください。遺体の傷に近いですよね」

一同は本を覗き込み、赤バッジが「ううむ」と唸った。

「絵は絵だし、写真は正面から撮ってないから、トゲの位置がわからねえ」

「でも、三本セットで溶接されているのは同じに見えるわ」

「被害者はこれで殺されたってか？　まあ……それだと傷口全部に錆が付いていた理由もわかる。けど、マジかよ、うえぇ……」

赤バッジは怖い顔でつぶやいた。

「大学の博物館で殺されて、上野恩賜公園に遺棄されたってこと？」

「なぜそんな面倒くさい真似をする？」

神鈴に続いて広目が訊くと、赤バッジは耳の後ろを掻きながら、

「小埜の爺さんが俺をわざわざ捜査本部へ送ったからには、人の仕業じゃねえとは思うが、なんで拷問道具なんか」

「ふむ、つまり小埜の御大は、事件が怪異がらみと知っていたのだな」

警視正が頷いた。

「さて……困りましたね」

と、土門も言った。

「通常ならば、怪異が起きた直後に連絡係から一報が入り、赤バッジがここへ飛んできますね？　そして我らが隠蔽してから捜査陣へと繋ぎます。

ところが今回は小埜さんが事件を知っていたにも拘《かか》わらず、通報で捜査陣が動くのを待

った、ということでしょうか……死体は公園に放置され、我らが動くより早く捜査本部が立ってしまった。すでに遺体の見分も済んでいるとあっては、これは隠蔽しづらいですよ。たとえば怨恨の線などで、動機と犯人を用意してやるとか……それが現実的ですか」

「やってもいない人を犯人になんて、できませんよ」

「まだ誰も怪異と思ってねえしな」

怜と赤バッジが言うと、土門はあっさり、

「たしかに冤罪《えんざい》はいけません。それにやっぱり妙ですねえ――」

そう言ってニコニコ笑った。

「――怪異を疑われていないのならば、ミカヅチの出番はありません。人間の犯人が存在せずに事件が迷宮入りするとしても、こちらは痛《いた》くも痒《かゆ》くもありません……ならばなぜ、小埜さんは赤バッジを捜査本部へ送ったのでしょう？　そっちのほうが謎《なぞ》ですが」

「たしかに班長の言うとおりよね。怪異さえ疑われないなら迷宮入りでいいんだもの……ミカヅチの出番でもないのに、どうして極意さんだけ召集したの？」

会話を聞いていた広目が思い出したように顔を上げ、

「悪魔憑きは捜査本部に派遣されたのに、こんなところへ来ていていいのか？」

首を傾げて問いかけた。

「だー、かー、ら、資料を取りに戻ったふりで、報告に来てやってんだろうが。帳場に出張ると所轄の若手と組まされるから単独行動しにくいんだよ……むしろやりにくくなってんじゃねえか。どうなってんだよ、小埜のジジイは」

「所轄の若手はどうしているの？」

神鈴が訊くと、赤バッジは吐き捨てた。

「警視庁の展示室で待たせているよ。憧れの本庁だからと、キラッキラの目をして喜んでいやがる。かわいいもんだぜ……まあ、それじゃとにかく、報告はしましたからね」

警視正にそう言って、赤バッジは部屋を出ていこうとした。

その背中に広目がつぶやく。

「小埜さんからは連絡がない……だが悪魔憑きには姿を見せた」

「そこは俺も気になってるよ。ジジイのスタンドプレーは初めてだしな」

「本人からなにか聞いてないのか」

「なにも。役に立ちそうなことはひとつも言わずに消えやがった」

そして大股《おおまた》で部屋を出ていった。

「ふうむ」

警視正は腕組みをして考えている。

一方で、神鈴はすぐさま自分のデスクに戻り、『鉄の処女』の検索を始めた。高速でキーを叩いて十数秒後、顔を上げて仲間たちを見回した。

「死体が発見されたのって上野恩賜公園だったわよね？」

「そうです」

と、怜が答えると、神鈴は椅子をグルリと回して警視正を見た。

「一昨日《おととい》から、上野恩賜公園内の国立西洋美術館で『暗黒時代の遺物・拷問処刑道具展』という企画展が始まっています」

「ほんとうかね？　拷問処刑具の企画展とは……わざわざ金を払ってそんなものを見に行く連中がいるのかね」

警視正は不思議そうな顔をしたが、土門が、

「もしや鉄の処女も展示されているのではないですか？　レプリカではなくホンモノの」

と言うと、頷いた。

しばし沈黙がミカヅチ班を包んだが、やがて広目がため息のように、

「なるほど……そういうことだったのか」

とつぶやいた。

其の二　鉄の処女

同日深夜。怜は神鈴や広目とともに、上野恩賜公園内にある国立西洋美術館横手の森で、赤バッジの到着を待っていた。黒々と闇に沈んだ木々の上にはまん丸になろうかという月が照り、ゆらゆらと風が梢《こずえ》を揺らす様は無数の手が月を招くかのようだった。

遺体が見つかった場所には今も立ち入り禁止テープが張られていたが、捜査員らの姿はすでになく、闇に草があるばかり。大通りからこっちに人影がないのも殺人事件が報道されたからだろう。公園はミカヅチ班の忌み地《いち》ファイルに登録されており、不忍池《しのばずのいけ》の方角に監視カメラがついている。赤バッジからの報告を受けて神鈴が映像を調べたが、ミカヅチが忌み地として監視を続けている場所には異変がなかった。

「変死体と拷問処刑具展なんて、なんかキャッチーな取り合わせになっちゃったわね」

モコモコのファーがついたショートコートの前をかき合わせ、地面にしゃがんで神鈴が言った。首からポシェットを提げてはいるが、今は蓋を鳴らしていない。

「事件報道で客は増えるか減るか……人間とは浅ましいものだな」

広目は体にピッタリ張り付く黒いセーターを着て、スキニータイプの黒いジーンズを穿《は》いている。普段の彼は白色で長めのゆったりとした服を好むので、こういう姿は新鮮だ。

顔だけが闇に浮かんで人間のようには思われない。

「それにしても極意さん、遅いですね」

いつもと同じパーカーにリュックを背負って怜が言う。時刻は二十一時を過ぎたところだ。施設はすべて閉館し、夜間照明に建物が浮かび上がっている。人の流れはきらびやかなイルミネーションに引かれて移動していて、公園内は静かである。

「捜査本部が立つと、講堂で雑魚寝《ざこね》になったり……刑事の仕事は大変なのよ」

「人知れず抜け出すチャンスを窺《うかが》っているのさ。待ってやれ」

美術館の前を通ってきたら、入口にはまだ企画展のポスターや掲示物が飾られていた。博物館や動物園は事件と関係なく営業を続けるようである。

ひときわ大きな風が吹き、森から落ち葉が舞い落ちたとき、

「待たせたな」

と、甘い声がして、ようやく赤バッジが合流した。

さっきは『待ってやれ』と言っていたくせに、広目は眉間《みけん》に縦皺《たてじわ》を刻んで、

「遅い」

と、言った。すぐさま赤バッジが、

「あ?」

と、牙を剝《む》く。

「ただ待ってりゃいいアマネと違って、こっちはいろいろと大変なんだよ」

「わかってやっているんだな？　俺をわざわざ下の名前で呼ぶのは嫌みだろう？　おまえにアマネと呼ばれる筋合いはないと、何度言ったら」

「アーマー、ネ、アーマーネ」

「ガキなの？　――」

ポシェットの蓋をパチンと鳴らして神鈴が言った。

「――ケンカしてないで、やるべきことをさっさとやりましょ。みんなヒマじゃないんだから」

赤バッジはツカツカとそばへ寄ってきて、怜らと一緒に草むらにしゃがみ、

「……被害者の身元がわかったぞ」

と、唐突に言った。そしてスーツの上着を脱ぎながら、

「公衆トイレに男性用ポーチが置き忘れてあって、そこに写真付きの身分証が入ってたんだよ。死んだのは佐藤正彦《さとうまさひこ》五十三歳。名刺によればベンダー企業の経営者みたいだ。別の刑事が聞き込みに行ってる」

影のように背後に立って広目が訊いた。

「企業の経営者がなぜ真夜中の公園に？」

「さあな。死亡時に着ていた服も相応に金のかかった品だったが、新品じゃなかったから

な……会社が潰れて路頭に迷っていたとか、かもな」

「挙げ句にあんな死に方じゃ……浮かばれませんよ、その人は」

ミカヅチに拾われるまで路頭に迷っていた怜には、その不幸が他人事《ひとごと》と思えない。

「いつだって不運なヤツはいるものさ」

赤バッジは脱いだ上着を中表に畳み、それを怜に持たせて言った。立ち上がると肩を回して首をコキコキ鳴らしながらネクタイを緩《ゆる》める。

「ったく……拷問道具が見たいなら、チケット買って昼間に来ればよかったんだよ」

すかさず広目が反論した。

「真っ昼間に、公衆の面前で、展示物に触って血液が付着しているか調べてこいとか。そんなことをすれば拷問処刑具が殺人に使われましたと吹聴《ふいちょう》するようなものではないか」

そんな広目を横目で眺めて、

「髪を縛れ」

と、赤バッジは言う。

「侵入口になりそうな場所には防犯カメラがあるからな。屋上から入るしかない。空気孔に髪が絡んでマズいことになっても、俺は一切関知しないぞ」

広目は黙り、素直に髪を束《たば》ね始めた。

「私たちはここで待機しているけど、見つからないよう上手くやってね。なにかあったらスマホを鳴らして。こっちで騒ぎを起こして注意をひくから」

「心強いな」

赤バッジは皮肉を言ってニタリと笑った。

今宵《こよい》、怜らは警視正の命令で展示品の拷問処刑具を調べに来たのだ。今のところは展示品が紛失したとか持ち出されたとかいう情報はないが、ならばなおさら殺人に怪異が関《かか》わっていることになる。怜と神鈴が外で待機し、赤バッジと広目が侵入して、展示物から証拠を探す。盲目の広目は暗闇で活動するのに明かりを必要としないから、こういう場合の適任者だ。広目が髪を束ね終えると、赤バッジは片腕で彼を抱き寄せ、

「行くぞ」

と言った。

「待て、いきなりだな。だからおまえは……」

「……静かにしていろ」

広目がさらに文句を言うのが聞こえたが、それは遥《はる》か上空からで、あっという間に二人の姿はどこかへ消えた。残された怜は神鈴と顔を見合わせて、

「美術館の中で大げんかとか、ありませんよね?」

「あれでけっこう仲良しなのよ……たぶん」

神鈴は首をすくめて言った。

悪魔を発動した赤バッジは垂直な壁をトカゲのように上っていく。片腕に広目を抱えていてもそれは変わらず、ものの数秒で美術館の屋上に降り立った。

屋上は中央に三角形の塔がそびえる直線的な空間だ。頭上に照る月の明かりが蒼《あお》く影をひく中で、赤バッジは広目を床に置き、不用意に動かぬよう腕を押さえた。

風は切るような寒さではなく、周囲は静まり返っている。

「通風口を外してくるから、ここで待ってろ」

ささやくと、広目はゆっくりその場に屈《かが》んだ。全身黒一色なので、細い姿は影に紛《まぎ》れる。赤バッジはそれを見届けてから影を選んで移動して、通風口のカバーを外した。


美術館内部は何ヵ所かに誘導灯の微かな明かりがあるのみで、ほかはすべてが闇だった。月明かりも窓枠の影を壁面に映すのみで、展示物まで届かない。企画展の会場には窓がなく、避難誘導のＬＥＤライトが灯《とも》っているだけだ。

どんな光も広目には見えないが、光に姿が映えては困る。赤バッジは闇を選んで広目を誘導しながら企画展の会場へ侵入した。

（……イヤな気が充満してるな）

足を止めたとたんに広目がつぶやく。隙間風《すきまかぜ》のように密《ひそ》やかな声だ。

(同感だ。ゾクゾクするぜ)

と、赤バッジも言う。

暗闇の会場に入ってしまうと、広目は視力があるかのように室内を見回した。彼はエコーロケーションと霊視能力を用いて空間を測り、物体の位置や形状を知る。それらの様子は暗闇にたゆたう輪郭《りんかく》の煙となって脳裏に浮かぶ。広い室内を迷路のように区切るパネル式の壁、その前に置かれた展示物、侵入防止のチェーンやパネル、天井の高さや奥行きなども、つぶさに確認して広目は感じた。

物質以外の空間が死者の怒りと恐怖で覆われている。強い怨《うら》みと呪いが行き場を求めて蠢《うごめ》いている。残照ではなく気配でもない。現役の負の感情だ。広目はささやく。

(あるのは本当にレプリカか? そうではあるまい)

(たしかにな、死人の臭いがプンプンしやがる)

理由を求めて赤バッジは展示物に近づいた。それぞれに説明パネルやキャプションなどが付けられているが、明かりがないので文字は読めない。けれど赤バッジにはそれらの拷問処刑具が光り輝いているように思えた。おぞましいはずが素晴らしい。赤バッジを侵食している悪魔の血が悦《よろこ》びを感じているからだ。

犠牲者たちの悲鳴が聞こえる。汗と血と内臓の臭い、それを浴びている処刑人の残忍な顔も……赤バッジはそれに気づいて慄いた。悪魔は人の痛みや苦しみを、これほどまでに欲しているのか。それを糧《かて》にする存在なのか。奴《やつ》らの渇望が俺にも理解できるとは。

脳裏に真理明の顔が浮かんだ。まだ元気だったころの顔。両親なしでも明るい未来を与えてやれると信じ切っていたころの妹の顔だ。今では痩《や》せ衰《おとろ》えて変わり果て、毎日写真を見なければ容易に記憶が置き換えられてしまう。彼女をあんな姿にしたのも、結局救ってやれていないのも、自分のせいだ。そればかりか俺は、人間の感覚からも徐々に遠ざかっているんじゃねえか。情けなさと怒りで頭に血が上り、赤バッジは震えた。

（何を考えている――）

と、密やかな声で広目が訊いた。そして唐突に腕をつかんだ。振り返った自分の顔が悪魔のそれになっていることを赤バッジは恐れ、広目が見えないことを幸いに思った。

（――まあいい……仕事をするぞ）

と、広目は言った。気づいたのか、そうでないのか、いつものように静かな調子で。

（いくつかの道具が凄《すさ》まじい瘴気《しょうき》を生んでいる。悪魔憑きにも見えているかもしれないが、先《ま》ずはそれ……）

広目は鋳造された雄牛を指した。

（そしてあれ）

拷問器具が並べられた棚から、持ち手のついた鉄針を指す。針が持ち手の中へ引っ込む細工がされた道具で、苦痛を与えるためでなく、無実の相手に濡《ぬ》れ衣《ぎぬ》を着せるために作られたものだ。審理の場所へ引き出された者の身体を刺して審理官が宣言する。

――見てください。人間ならば痛みを感じるはずが、この者は平気です。血も出ていない。これこそが、この者が魔女である証拠です――

――私はキリスト教徒です、魔女じゃない。信じてください――

その道具には無実の罪を着せられた者の叫びが染《し》みついていた。血を流す覚悟で潔白の証明を期待した者たちの落胆と絶望、そして恐怖が、湯気のように立ち上っている。

赤バッジにもそれが見えた。審判者は魔女をでっち上げ、牢屋《ろうや》に繋いで拷問し、自白を強要してサインさせ、公衆の面前で火あぶりにした。この道具は嘘《うそ》で作られている。

魔女狩りを先導した者こそが真の悪魔だったんだと赤バッジは思う。光のふりで人に近づき、人の迷いにつけ込んで、すべて魔女の仕業だと断言した。公衆を恐怖に陥れて疑心暗鬼を煽り、疑いを生んで密告させ、おまえだけは助かると嘘を吐き、呪いを生んで、正義を主張する者たちの魂を喰らった。

それが奴らのやり方だ。俺もそうなる運命だ。

（まて……）

そのとき広目が肩に触れ、部屋の一角へ赤バッジの視線を誘導した。

（血の臭いがする……まだ新しい）

闇の中に目をこらす。針でできた椅子、舌を引き出して固定する道具、奇怪な仮面、人を縛る台、おぞましい目的のために作られた道具が並ぶその中に、赤バッジは『鉄の処女』を見つけた。怜が見せてくれた写真よりもボロボロで、マリアの仮面も欠けてはいたが、開かれた扉の内側には、やはり鋭いトゲが突き出していた。

（それと悪魔憑き、あれが見えるか？）

広目が顎《あご》で部屋の隅を指す。壁と壁とが突き合わせになり、ひときわ暗さが凝《こご》った場所だ。そのわずかな空間におびただしい数の死者が集まっていた。怯《おび》えたように重なり合ってジッとこちらの様子を窺っている。粗末《そまつ》な薄物を一枚だけ着せられた者から、何も身に着けていない者、すでに手足がない者も。髪は抜け、目は落ちくぼみ、歯を抜かれて血だらけになった者もいる。死霊が放つ瘴気は凄まじく、霧が地を這うように展示室内を漂っている。ううむ……と、低く広目が唸った。

（展示品はどこから来たのだ、ドイツか、それともイギリスか？　まったく……一緒に死霊を連れてきたんだな）

（エロとグロは金になるのさ。それにしても……よくもこんなエグい道具を……どんな変態野郎が考えて……）

ブツクサ言いながら赤バッジは侵入防止のチェーンを跨《また》ぎ、鉄の処女に近づいた。

造形自体はスカートの広がったマトリョーシカという感じで滑稽《こっけい》さもあるが、仮面のような頭部は不気味で、慈愛でなく悪意を感じるし、内部の構造に至っては発想の残忍さに

背筋が凍《こお》った。赤バッジは空洞内部のトゲに触れ、

(やっぱり錆が落ちてるな。ヤスダが言ったようにこれが凶器か――)

そう言ってトゲに触れた指先の臭いを嗅いだ。

(――採証すればDNAが出るんじゃねえか?)

(そうだな……濃厚な血の臭いがしているが、まさか装置は血まみれか)

広目に言われて処刑具の底に目をやると、濃い血だまりができていた。

(死体を落とす底の部分が血だらけだ。マジかよ……今日も見学者が来ていたはずだが)

(凝った演出とでも思ったのだろう。人はオバケ屋敷《やしき》に血の演出を求めるものだ)

そう言う広目は涼しい顔だ。渦巻く瘴気も死霊の群れも見えているはずなのに、顔色ひとつ変えようとしない。

赤バッジはこの同僚に憧れを抱くときがある。不具の子に生まれつこうが、戦う命運を背負わされていようが、ポーカーフェイスで容易に心の内を悟らせない。体躯《たいく》は無駄をそぎ落とした造形美を感じさせ、不可侵《ふかしん》の何かに守られているかのようだ。闇に侵食されていく自分に比して、彼はとことん美しい。

いつかこいつを、と赤バッジは思う。俺は殺してしまうのだろうか。それとも俺が殺されるのか。そのとき俺はまだ感情を持ち得ているのか。感じることはできるのか。

(どうした……今夜のおぬしは様子が変だぞ)

仕事をしろ、と、眉をひそめて広目が言った。

（わかったよ）

赤バッジは鉄の処女を調べ始める。怪異が残した痕跡《こんせき》があれば、殺したモノの正体がわかる。そして正体がわかってしまえば、オカルト好きな連中が面白おかしく騒ぎ始める前に事態を沈静化できるはずだ。怪異は怪異を呼び寄せる。災《わざわ》いの火の粉は火になる前に払わなくては。

この鉄の処女は一体型ではなく、釣り鐘状の胴体に頭を載せた構造で、胴体部分の高さが約二メートル、その上部に仮面のマリアがくっつけてある。胴体内部は空洞で、前面に二枚の扉があって、閉じると内部に生存空間はない。死んだ男はここに入れられ、手で扉を押し返そうとしたのだろう。そして腕ごと刺し貫かれた。身体をくねらせて逃れようにも一列に並んだ針のベルトが、飾りよろしく内部に張り巡らされていて不可能だ。これが遺体にあった輪の跡だ。特筆すべきは前扉上部のトゲであり、前後から両目と頸椎《けいつい》を抉《えぐ》る構造になっている。トゲの長さはそれぞれで、胴体部分が最も長い。つまりは土門が拷問だと言ったように、急所以外から串刺しにされ、最後に眼球から脳へと刺し貫かれたのだ。

（エグいにもほどがある……どこからこんな発想が湧きやがるんだよ）

（変態の思考に思いを巡らせるのは後にしろ。こんな不穏な場所ではいつ何時、なにが起

きるかわからんぞ)

侵入防止チェーンのそばまで来ると、広目も水晶の目を見開いた。

一面が闇でも赤バッジにはその目が金色に光って見える。霊視のために死者の眼球を受け入れてさえ、広目は清浄な空気を纏い続ける。

赤バッジは鉄の処女に入って正面を向き、扉の内側に腕を伸ばした。部屋の四隅《よすみ》から不穏な気配が煙のように忍び寄る。

バタン!

突然、扉がピタリと閉じて、死霊が嗤う。

「ばかな!」

不覚にも広目は叫び声を上げた。

見えずとも、音と気配で赤バッジが串刺しになったことはわかる。

死霊は血の臭いに興奮し、今や展示室には悪意と狂喜が渦巻いていた。

同じころ、美術館の外でも異変は起きた。

「寒っ……安田くん、なんか急に冷えてきたわよ。これ、ヤバいんじゃ」

神鈴がファー付きのフードを被《かぶ》ったとき、怜は全身を杭《くい》に刺し貫かれる痛みを感じて動けなくなっていた。神鈴が気づいて覗き込んでくる。街灯のない場所を選んでいるため、互いの表情まではわからないのだ。

「……やだ、どうしたの？　大丈夫？」

怜は体内を縦横に貫く傷の痛みにあえいでいた。激痛で息も吸えない。それだけでなく両目が痛い。目からドライバーを突っ込まれ、脳をかき回されているかのようだ。うずくまり、両手で顔を覆って耐え忍ぶ。吐きそうだ。

なんだ、これ？　これはぼくの痛みじゃないぞ。

咄嗟《とっさ》に思い浮かんだのが赤バッジと広目のことだった。

二人に何かあったんだ！

そう思ったとたん、全身がボウッと光る。

「安田くん、また光ってるよ」

と、極めて冷静に神鈴が言った。

わかってる。わかってるけど、意識してやってるわけじゃない。

その瞬間、全身の痛みはどこかへ消えた。

顔を上げると吐く息が白く凍っていた。あたりの空気が張り詰めて、隙間なく空間に糸が張られた感じ。マズいぞ。

怜は神鈴の前に飛び出すと、後ろ手に彼女を庇って身構えた。

ブルルル……どこかで馬が鼻を鳴らした。

「安田く……」

「シッ！」

繋がったんだ、と怜は思った。こちらとあちらが繋がった。張り詰めた空気はそのせいだ。ブルルル……馬がいる。たぶんこっちの馬じゃない。

「……霧よ」

と、背中で神鈴がささやく。怜の腕を片手でつかみ、もう片方の手は、たぶんポシェットに置いている。彼女の武器はポシェットに溜《た》めた虫だから、そうやって攻撃に備えているのだ。先ほどとは桁違《けたちが》いに空気が冷えて、薄物をはためかせたような霧がゆらゆらと草むらを這ってきた。すべての音が消え去って、頭上に照っていた月も見えない。

「墓場の臭いだ」

怜が言うと、神鈴が背中にくっついてきて、

「あっちから来るわ」

と、またささやいた。あっちがどっちか見えないままに、怜は闇に目をこらす。

カッカッカッ……蹄の音が近づいてくる。次第に冷気も濃さを増す。神鈴の手にも力が入る。ブルル……ブル……墓場の臭いが強くなる。周囲は霧に包まれて、鼻先すらも見えないほどだ。怜は神鈴を背中に抱き寄せ、鋭く四方に視線を送った。

巨大で歪《いびつ》で不格好なそれが、霧の中を近づいてくる。蒼い馬だ。馬鎧を着けてはいる

が、突き出た四肢は骨だけだ。背中にまたがる甲冑《かっちゅう》の騎士は長くて太い槍《やり》を持ち、優雅にマントを翻しているが、姿は奇妙に間延びして、デッサンが狂った絵のようだった。

「死神だ」

と、怜はつぶやく。黒いフード付き修道衣を着ていなくても、持っているのが巨大な草刈り鎌《がま》でなくても、死神、もしくはそれに類するものに思われた。そいつは霧の中から湧いて出て、ゆっくり周囲を見回している。怜は後ろ手に神鈴のフードをつかみ、肘《ひじ》を首に回して抱え込み、彼女の上半身を脇に抱えた。

(神鈴さん、静かにしてください……意識を消して無になるんです)

神鈴は伏せたまま動かなくなった。

カッ、カッ……怜も息を殺して気配を消すと、馬はゆっくり近づいてきて、骨だけの脚が眼前をよぎった、と思う間もなく立ち止まり、一声高く嘶くと、前脚を上げて後ろ脚で立った。怜は地面で構えていたが、その一瞬に馬上の騎士と目が合った。兜《かぶと》の隙間で光る目は白目が黒くて黒目が赤く、瞳は数字の1にそっくりだ。恐怖にすくみながらも神鈴を守ろうと身構えたとき、死神はスッと目を逸らし、馬の鼻先を闇へ向けると、一目散に走り去っていった。

霧がその後をついていく。蹄の音が遠ざかり、凍《こご》える冷気もどこかへ消えて、やがて神鈴が身体を起こした。怯えた顔でキョロキョロしている。

「大丈夫です。行ってしまった」

怜が言うと、神鈴はようやく息をした。

「……殺されるかと思ったわ」

「ぼくもです」

「どこへ行ったの？」

「さあ」

晩秋の風が戻って、ザワザワと梢を揺さぶっている。神鈴の鼻先に落ち葉が舞い落ち、怜も長いため息を吐いた。

「馬が骸骨だったわね。それに、ダリの絵みたいに歪《ゆが》んで見えた。乗っていたのが死神ってこと？　あれが被害者を殺したのかしら……なぜ？」

神鈴は独《ひと》り言のように質問をつぶやきながらフードを脱いだ。

「咄嗟に死神と言いましたけど……ほんとうに死神だったのかなあ……アレからはもっと、こう……確固たる力を感じました。使命というか」

「死神にだって使命はあるでしょ？　死者を迎えに来るという」

「もしくは死期が近いことを知らせて覚悟を促《うなが》す。でも、それは役割で、使命と違う気がします。あれはもっと……」

怜はしばし考えてから、

「権利を与えられている雰囲気でした。襲われていたら、ぼくらの命もなかったと思う。それなのに……目が合ったのに、ぼくらを無視して行ってしまった」

「よかったじゃない。でも、どこへ?」

そのとたん、神鈴は暗がりでもわかるほど顔色を変えた。

「嘘でしょ、まさか……!」

と、美術館を振り返る。

梢の隙間に直線的な建物が浮かび上がって、頭上に白く月が照る。そうか、さっきの痛みだ、と、怜もそれを思い出す。まさか極意さんたちが死神に? 神鈴がスマホを調べたが、連絡を受けた痕跡はなかった。二人は顔を見合わせて、同時に美術館へ向かって駆け出した。赤バッジのように屋上へ上れるわけもないのに、その先のことは考えられない。

「とんでもない痛みを感じたんです。全身を刺し貫かれるみたいな」

走りながら怜が言うと、

「やめてよ」

と、神鈴も悲鳴を上げた。

「そういう霊能力はありがたくない! もっと希望が持てることを言って」

美術館は目の前だ。森が途切れるそのときに、

「カメラに映るじゃねえか、バカヤロウ！」

怒号とともに、なにかが怜らの背後に降り立った。動きを止めて振り返ると、長い髪を振りさばいた広目が拳で赤バッジを殴るのが見えた。

「……ってえ……」

頬《ほお》を押さえた赤バッジに背を向けて、広目は自分の拳をさすった。唇《くちびる》を真一文字に引き結び、肩を怒らせて、大股で、怜らのほうへ歩いてきた。

「バカヤロウがバカヤロウとは笑止千万。おまえのようなバカはどこかへ失《う》せろ！」

そして怜らを追い越して、森沿いにズンズン行ってしまった。

慌てて神鈴がその後を追い、怜は赤バッジと残された。

見れば赤バッジは両目や胸や腹などから、おびただしく血を流している。白いワイシャツは穴だらけの血まみれだ。

「ケガしたんですねっ、極意さんっ」

「シー、声がでけえわ」

「心配には及ばない！　救いようのないバカだからな！　一度死ねっ、死んでしまえ！」

森から広目の声だけがした。追いかけていった神鈴の姿も闇に沈んでわからない。

「なにがあったんですか……美術館で」

今度は声をひそめて訊くと、

「なんでもねえよ」

赤バッジはそっぽを向いた。両目から涙のように血が流れているが、眼球はある。怜が血まみれのシャツを見ていると、赤バッジはやおらネクタイを外してそれを脱ぎ、いきなり怜に放ってよこした。裸の胸には傷痕一つ残っていない。

怜に預けていた上着をひったくり、素肌に羽織《はお》ってこう言った。

「アマネのヤツ……ちょっとふざけただけじゃねえか。ガチで怒りやがって単細胞が」

「ふざけた？　なにをやって？」

上着の代わりに血染めのシャツを手に持って、怜は訊く。

「ぼくはさっき凄まじい痛みを感じましたよ。あれって極意さんの痛みですよね？　内臓を串刺しにされたみたいな」

「知らねえよ、うるせえな」

赤バッジは不機嫌に吐き捨てると、

「んじゃ、所轄に戻るわ」

クルリと怜に背中を向けた。そして広目と同じ大股で、森の反対側へ入っていく。

「報告はどうしたら……展示物に鉄の処女はあったんですか？」

赤バッジは歩きながら振り返り、牙を剝き出して怜を指した。

「死体の写真を送ったろ？　死体とシャツと、穴の位置を照合して警視正に報告しとけ」

プイッと不機嫌に前を向き、あとはもう振り返りもせずに行ってしまった。

そんな……穴の位置を知るために？

怜はなぜか悲しくなった。

極意さんは本物のバカだ、どうしてそんな……

広目が怒った気持ちがわかる。

どうしてそんな捨て鉢な方法を？　いったいなにを考えて……

答えに思い当たるからこそ、心が痛んだ。

シャツを抱えて神鈴たちの後を追いかけた。道を渡ってまた森に入り、道を渡ってまた森へ、そうやって捜していくと、二人は上野大仏へ向かう道の石垣に並んで腰を掛けていた。広目は黒の軽装のまま、神鈴は広目の上着をまだ抱いている。相応に冷え込んできたというのに、広目は夜風に髪をなぶらせながら、唇を結んで宙を睨み付けていた。

「安田くんが来たわ。ねえ、どうだった、極意さん？」

と、神鈴が訊いた。

「捜査本部に戻りました」

怜は石垣には座らずに、二人の正面に立って広目を見つめた。

「広目さん。極意さんのシャツが血だらけでしたけど、美術館でなにがあったんですか」

「えっ、極意さん、ケガしたの？」

「……な、に、が？」

宙を睨んで広目が言った。

「なにがもクソもあるものか。バカというのは一度死なねば治らないのだ」

珍しくも『クソ』などという言葉を使う。怜にはその顔が苦しげに歪んで見えて、泣いていたんじゃないかと感じた。

「なによそれ？　広目さんのは全然答えになってないわよ……わあ、ひどい血ね」

神鈴は広目に厳しく言うと、怜に向かってまた訊いた。

「極意さんはケガしたの？」

怜は答えず、広目の隣に腰を下ろした。通路と緑地帯を隔《へだ》てる石垣は高さがなくて、飛び上がって縁に座ると脚がブラブラする程度だ。神鈴は広目の向こうから顔を覗かせて答えを待っているようだったが、怜は広目に質問を重ねた。

「まさかですけど……入ったんですか？　極意さんは」

「入ったって？　どこへよ」

神鈴が唇を尖《とが》らせる。怜も広目越しに彼女を見やった。

「鉄の処女です」

そう言って血まみれのシャツを広げて見せる。

「ウッソ！」

神鈴は両手で口を覆った。

「でも、彼の体に傷はなかった。極意さんは……人間離れしているし」

広目はようやく宙を見るのをやめて、

「展示物はすべて本物だ。あそこにレプリカはひとつもない」

と、普通の声で話し始めた。

「どういう経緯で収集された物かは知らんが、会場内は死霊だらけだ。清浄な魂を持つ者ならば本能で避けるだろうし、逆に残虐さを秘めた者なら、展示品を使ってみたいとよからぬ妄想を抱くだろう。影響された者が殺人を犯してもおかしくないほど、室内には悪意が満ち満ちていた」

「じゃ、鉄の処女も？」

広目は神鈴を見て言った。

「あった。トゲに血痕《けっこん》がついていた。底の部分に血だまりも」

「安田くんの推理どおりね」

パチンとポシェットの蓋が鳴る。

「極意さんはその中に入ったんですね？　自分から？」

怜が問うと、広目は唇の片側を噛《か》み、石垣をギュッとつかんだ。

「DNAを採取するとか、ほざきながら棺桶に入っていった」

「そのとき扉が閉じたのね？　死霊の仕業？」

「……そうではない」

あえぐような声で広目は答え、俯《うつむ》いて闇を見た。

「あいつは初めからせっせと文句ばかり言っていた。いつもと同じように振る舞って……だが俺にはわかる。今夜のあいつは」

普通じゃなかった。と、広目は言った。

「普通じゃないってどういうことよ」

怜もその答えが知りたい。

広目はひどく動揺していて、そもそもそれが普通じゃないのだ。静かに目を閉じ、ため息交じりに言葉を探し続けている。噴《ふ》き出《だ》してくる感情を抑え込もうとするかのように。

「突然……バタン！　と音がした。バタン……いや……そんな簡単なものじゃない……コンマ何秒かに俺は感じた。鋭いトゲが肉を貫く抵抗も、激しい痛みも、絶望も」

怜が感じたのもそれだ。けれど広目はさらに言う。

「そして……クソ……心底俺を怯えさせたのは、赤バッジが全身から放った高揚《こうよう》だ……あいつは死を望んでいた……だから、あのとき……」

そして唇の内側を嚙んだ。

「……死んだと思った」

震える声でそう言って再び目を開けたとき、その目は炯々《けいけい》と光っていた。

「クソ悪魔憑きめ……ふざけやがって……」

神鈴は怜を覗き込み、ポシェットを鳴らしながら首をすくめた。

「広目さんと極意さん、言葉遣いまで似てきたみたい」

「あんな戯《たわ》けと一緒にするな。心外だ」

「扉を閉じたのは誰ですか、広目さん。死霊ですか？　それとも」

広目は光る目を怜に向けて低く笑った。

「あいつは言った……バーカ、冗談だって。本気にするな――」

そして再び憎々しげに、

「――わかるか？　ニヤつきながらそう言ったんだぞ……この俺に」

水晶の瞳が映しているのは、やり場のない、燃え上がるような強い怒りだ。

極意さんが運命に逆《さか》らうつもりになったって、広目さんは喜んでいたのにそりゃないよ。怜は広目が恐れているのを知った。広目さんは絶望と悲しみがない交ぜになって慄いている。極意さんの本心に触れたから。

「あきれた！　仕事と遊びの区別もつかないの、サイッテー！」

神鈴はブリブリ怒っている。

「極意さんが死のうとしたって思うんですね？」

広目が言葉にするのを避けたとしても、怜は敢《あ》えて口に出す。

「え」

ポシェットの蓋を開けたまま、神鈴が目を丸くした。

広目は大きなため息を吐く。

「だからバカだと言っている。半分悪魔の分際で、串刺しごときで死ねるなど……」

後の言葉は呑《の》み込《こ》んだ。

「……広目さん……」

「何も言うな」

広目はヒラリと石垣を下り、怖い顔で怜を見た。

「俺自身の心の内を他人に解説されたくはない。俺はあのタワケがクソである理由を話しただけだ」

「だってそれって一大事でしょ」

神鈴も石垣を飛び降りた。しかし広目は、

「展示物がどこから持ち込まれたものなのか、経緯を調べてみるべきだ」

いつものクールさを取り戻して言った。

「あれが妙なものを連れてきたのは間違いない。小埜連絡員が現れて、タワケを捜査本部へ送ったというなら、背後にカラクリがあるはずだ……俺は帰る。気分を害した」

これ以上質問は受け付けないと言うように、広目はクルリと踵《きびす》を返し、スタスタと暗闇を去っていく。彼の上着を抱えた神鈴と、赤バッジのシャツを抱えた怜が残された。

「……え……どういうこと？　結局、誰が扉を閉めたの？」

闇に向かって神鈴がつぶやく。怜はそれには答えなかった。

「……蒼い馬のことは広目さんに話してくれたんですか？」

広目の姿が見えなくなるのを待ってから問うと、神鈴はようやくポシェットを閉じて、

「話したけど、あの様子じゃ聞こえていたのか怪しいものよ。まあ、こっちも沈黙が耐えられなかっただけだから、いいんだけどさ……って、あっ、上着返すの忘れた――」

と、首をすくめた。

「――風邪ひかないかしら、広目さん」

「怒りマックスだから寒くないんじゃ？」

「そうよね」

神鈴はようやく苦笑した。

「やっぱりケンカになっちゃったね」

「あれで案外仲良しというのは、本当なんだと思います。本気で心配しているからこそ、広目さんは怒ったんですよ。本人は絶対に認めないと思うけど」

「面倒くさい性格よねえ……異能者って」

神鈴は広目が去った方角を眺めてつぶやいた。

そこはただの闇に包まれている。

仕方なく、怜らは当番勤務の土門に電話をかけて、美術館に鉄の処女があったこと、蒼い馬に乗った死神を見たことだけを報告した。赤バッジの血染めのシャツについては、どう話すのがいいかわからない。彼が自死を望んだとして、それは推測に過ぎないからだ。ビシバシと心に感じる事実の推測。それを認めるのはあまりに辛《つら》い。

「続きは明日にして帰りなさいって」

電話を切ると神鈴はそう言い、二人で美術館の方角を見た。

広大な公園内を満月に近い月が照らしている。木々を揺らす風は冬が来ると感じさせるほどには冷たくて、怜と神鈴はその冷たさを広目たちの心に重ねて案じた。

当事者二人はとっくにこの場にいないというのに。

其の三　異端者のフォーク

ちくしょう、アマネに心を読まれた。

赤バッジはそう考えていた。

ポーカーフェイスでいながら心の機微は目ざとく悟る。まったく霊能力者って奴は油断がならねえ、用心しないと。そして、何のための用心だ？　と、自分に問うた。

最近は、自分の心がそうではないのか、自分の価値観かそうではないのか、わからなくなることがある。そういうときは被害者の写真などを手元に置いて、自分が眉をひそめているか、胸をときめかせているのかを、鏡で確認したりする。

赤バッジは自分が自分であるということに自信を持てなくなってきたのだ。内面や価値観が変わってしまう。それは見かけが変わる以上に恐ろしいことだった。真理明がよくなってタイムリミットか、もしくはそれより先に自分は悪魔に乗っ取られ、この手ですべてをぶち壊すのか。

所轄署の洗面所。鏡に自分が映っている。

以前はもっと普通の顔をしていたように思うのだが、そのときの顔を思い出せない。微笑もうとすれば牙が覗き、怒りに身を任せれば白目は黒に、黒目は赤に光って見える。

赤バッジは自分の顔から目を逸らし、蛇口の下に頭を突っ込んで水をかぶった。脳天を冷やして顔を洗って鏡を見ると、情けない顔の自分が映っていた。

「……クソ」

頭も顔も、着替えたシャツも濡れたまま、彼はトイレを出ていった。


美術館に忍び込んだ翌朝、八時少し前。間もなく二回目の捜査会議が始まる。二回目は敷鑑《しきかん》捜査の報告を共有する会議で、被害者の身内、友人、知人関係などについて話が聞けることだろう。執拗《しつよう》で残忍な殺され方から、捜査本部は怨恨の線で捜査を進めている。被害者に怨みを持つ者が浮かんでくれば、ミカヅチにとってはラッキーだ。

だがあれは、と、赤バッジは思う。

怪異の殺人に理由なんかあるものか。たまたま被害者がそこにいたから、いたぶられて命を落としたのだろう。さて、どうするか。

廊下の先に所轄の相棒が立っていて、赤バッジを見ると心配そうな顔をした。

「極意さん……タオルないんすか？　ビショビショですよ」

「わかってるよ」

「大丈夫っすか？」

全身六十一ヵ所串刺しになってみろ。それで平気ならバケモノじゃねえか。無視したのに追いかけてきてあれこれ言うので、ポケットからハンカチを出して頭を拭った。

相棒は所轄署の駆け出し刑事で柴田《しばた》という。捜査本部が立つと本庁の刑事は地元の事情に詳しい所轄の若手と組んで仕事をするのだ。

「冷蔵庫に栄養ドリンクありましたけど、飲みますか？」

「うるせえな、大丈夫だって言ってんだろうが」

濡れたハンカチは濡れたまま、丸めてポケットに突っ込んだ。

相棒同士は連れ立って会議に出なきゃならないなんて決まりはないんだ。女子学生じゃあるまいし。栄養ドリンク？　んなもの効くか、鬱陶《うっとう》しい！

「ところで、また変死体が出たそうですけど、聞いてます？」

振り切ろうと大股で歩いていると柴田が言って、足を止めるとドスンと背中にぶち当たってきた。

「なに？」

振り返ると柴田は鼻の頭をさすりつつ、

「すんません」

と、謝った。

「今なんて言った？　変死体？」

駆け出し刑事はふいにマウントを取る顔で、

「あれ、知らないんすか？　今日の未明に」

と、背筋を伸ばしてネクタイを直した。

小柄でちょこまかした印象があるが、よく見れば肩幅が広くて安定感のある体格だ。短髪で左右を刈り上げ、服装は清潔感がある。お堅い親から生まれたエリートだなというのが、赤バッジが彼に抱いた印象だった。

昨晩は広目と美術館にいて、未明は戻って講堂にいたフリをしていた。捜査本部が立つと署の講堂に雑魚寝の場所が作られる。昼夜を分かたず捜査に走り回る刑事たちは、空き時間に空いている布団で仮眠を取って、再び捜査に向かうのだ。未明には柴田も大いびきをかいて寝ていたはずだ。

「だれ情報だよ？」

訊くと柴田はドヤ顔で、

「電話当番情報です。良識ある一般市民からの通報ですね」

と、答えた。

「ちょっと前から春日《かすが》通りで路面の耐震工事をしてるんですが、そこの現場事務所の物置で、椅子に縛られた女の遺体がみつかったそうで」

「また穴だらけなのか」

「残念ながら――」

と、柴田は答えた。

「――穴の数は四つだそうです。首とみぞおちに二ヵ所ずつかな。そろそろ遺体がこっちへ来るころじゃないすかね」

赤バッジは眉をひそめた。

「四つか……少なすぎないか?」

「そういう問題ですか」

「行くぞ」

捜査会議が始まる時間だ。赤バッジと柴田は一緒に廊下を進んでいった。


同じころ。

警視庁本部の地下三階に、怜は普段よりも遅れて出勤した。昨晩は残業だったので、しっかり睡眠を取ってから出勤するよう土門に言われていたからだ。

オフィスはすでに当番勤務の土門が掃除を済ませ、お茶の準備も整っていた。普通なら当番は怜と交代して朝のシャワーに行くところだが、自宅の風呂《ふろ》を楽しみにしている土門は若いメンバーほどシャワーを使わない。真夏はともかく秋口以降は『湯冷めする』のが怖いのだという。

「おはようございます」

上官二人に挨拶すると、怜は自分のデスクにリュックを置いて、赤バッジのシャツを引っ張り出した。昨晩の顚末《てんまつ》を報告しようと警視正を振り返ったとき、オフィスのドアが開いて神鈴が出勤してきた。わずかに遅れて広目も到着する。

「おやおや」

と、土門が言った。

「今日は土曜じゃなかったですか？」

「非常事態に休んでなんかいられませんよ。安田くんも広目さんも気持ちは同じだと思います。今回の変死事件は、今まで扱ってきたどんな怪異とも毛色が違うわ。興味半分危機感半分で、休んでいても落ち着かないので」

おはようございますより先に神鈴が吠《ほ》える。広目に近づき、

「忘れ物よ」

昨夜の上着を返してから、斜めがけしたポシェットを正面に回してパチンと鳴らした。

「いま捕ったのは私の虫よ。もう……昨夜からソワソワしっぱなし」

虫使いの異名を取る神鈴は、疳《かん》の虫《むし》や腹の虫などと呼ばれる類《たぐ》いの虫を収集して使役する異能者だ。

「ふむ」

と、デスクで警視正の頭部が言った。髪を整え終えてから、あるべき場所に戻される。

「電話の報告は土門くんから聞いたがね、もっと詳しい話があるのか？　では聞こう」

グルンと土門に首を向け、

「それでいいかね、土門くん」

と、了承を求めた。

「もちろんそれがよろしいでしょう。でも、その前に……」

土門は怜に視線を向けた。

「安田くん。朝のお茶をお願いしますよ。とても大事なことですからね」

怜は血染めのシャツを置き、お茶を淹れるために給湯室へ向かっていった。

数分後には全員が会議用テーブルで朝茶を飲んだ。香りだけ楽しむ警視正を除き、それぞれの茶碗《ちゃわん》が空になるのを見届けてから、茶碗をお盆に戻して土門が言った。

「それでは報告をお願いします」

怜は自分のデスクへ赤バッジのシャツを取りに行き、神鈴はノートパソコンを会議用テーブルに運んだ。広目は腕組みしたままで、ジッと目を閉じている。彼が今朝『おはよう』の挨拶をしたのか記憶にない。サラサラの長い髪のうち、頭頂部に近い数本が静電気を帯びたように浮き上がっているのを見れば、一晩経《た》ってもまだ怒りがおさまらないのだ。感情を面《おもて》に出さない質《たち》だから、敢えて言葉を発しないのかもしれないけれど。

怜はテーブルにシャツを置き、警視正らの前で丁寧に広げた。どう報告すべきか考えていたが、誰も口を開かないので仕方なく、

「えーと……あの、ですね。これは……」

「被害者の着衣ですか？」

と、土門が訊いた。

広目も神鈴も答えない。まったくもう、と、心で吐き捨て、

「そうじゃなくて、極意さんが」

警視正と視線を合わせないよう、シャツの皺をさらに伸ばした。

仲間になにかを隠そうなんて、よくないことだ。だから主観を交えずに、本当のことだけ報告しよう。

「これは昨晩、極意さんが着ていたシャツです。企画展の展示品には鉄の処女が含まれていて、トゲに血痕が付着していたということでした。内部には血だまりも」

「展示品が凶器だったということか」

重々しく警視正が言う。

「なるほどなるほど。で、トゲの位置を照合するために、赤バッジが自ら入って扉を閉め

た、ということですか？」

シャツに空いた穴を指先で確認しながら、特に驚きもせず土門がつぶやく。

怜はむしろ赤バッジの行動に驚きもしない上司の態度に驚いていた。

「悪魔憑きならではの大胆な採証作業だな」

警視正など苦笑までしている。

「フン」

と、広目が鼻を鳴らした。

神鈴はパソコンを操作しながら、

「シャツをスキャンしてデータにすれば、展示物が凶器に使われたかどうかがわかります。極意さんから被害者の検死写真が届いていますから、それと照合してみます」

と、言った。おそらくその作業のために出勤してきたのだろう。

怜が続ける。

「あと、それと、展示品はすべて実際に使われた品だったようですけれど、どういう経緯で企画展になったのか、主催者に問い合わせてみるべきではないですか？」

問いかけると土門は警視正の顔色を窺い、警視正は、

「いや……まだそれには及ばない。性急にことを進めると、我々が動いていることを敵に悟られかねないからな」

と、顔を上げた。敵とは誰か。怜の脳裏を一瞬疑問がよぎったが、

「ではスキャンしますね」

神鈴がそう言って怜を見たので、問いかけるチャンスを逸した。

「安田くん、照合作業を手伝ってね」

「わかりました」

続いて警視正が言う。

「拷問処刑具を殺人に使う。万が一にもそういう発想にはならんと思うが、捜査本部が気づいた場合は、どう処理するね？」

ニコニコしながら土門が答える。

「そうですねえ……被害者が展示品で死んだ理由と、死体が屋外に放置されていた理由、この二つを用意してやるのがいいでしょう」

そして神鈴を見て言った。

「幸いにも赤バッジが捜査本部にいますから、被害者の事情などを聞かせてもらい、利用可能な背景があるか、調べがつくのを待ちましょう。なかった場合は」

「仕込むしかないか」

と、警視正が言う。

「万が一にも鉄の処女が凶器だと捜査本部が気づいたら、遺体を屋外に放置した理由につ

いては考えておかなければいけないかもですね。ただ、鉄の処女から遺体を抜き出して屋外へ運ぶのは、生身の人間には困難でしょう……広目くん」

土門に声をかけられて、広目はようやく、

「はい」

と、声を発した。

「どんな状況が考えられそうですか？　現場を確認した限りでは」

広目はすうと息を吸い、逆立《さかだ》っていた髪が落ち着いた。ようやく気持ちを切り替えたのだ。目を閉じたままで宙を見て、

「考えられる状況としては……」

眉間に縦皺を刻んで言葉を選ぶ。

「タワケた被害者がふざけて鉄の処女に入り、内部で悦に入っているときに何かの拍子《ひょうし》で扉が閉じて……管理者か誰かが扉を開けて死体を発見。これはマズいとこっそり外に運んで捨てた。そんなところじゃないですか」

捨て鉢に言った。

「その場合もやはり犯人を用意しないとダメですねえ」

「しかもそれを人目につかずに実行できたとなれば、犯人は関係者に限定される。冤罪を生むのはマズいが、どうするね？」

「阿呆《あほう》ほどふざけて中に入りたがるというのは真実味がありますけどね」

ついにはぞんざいに吐き捨てた。

「あの……」

と、怜は挙手をする。

「取りあえず極意さんの報告を待ってから決めたらどうでしょう。亡くなった人のことがわかれば突破口が見つかるかもしれないし」

「そうですねぇ」

と、土門は言って、

「では神鈴くん。捜査本部の様子をサーチしてください。あと、調書がデータとして上がってくるには時間がかかりますから、可能な限り赤バッジから直接様子を聞いて、こちらのファイルにまとめるように。それを見ながら対応策を考えましょう」

「承知しました」

「さて」

次に土門は怜と神鈴に視線を合わせた。

「外で待機していたときに、安田くんと神鈴くんは怪異の元を見たそうですね？　電話では死神と言っていましたが本当ですか？」

神鈴は答えず怜を見つめた。あのときは頭を伏せていたので、ハッキリ見たのは怜だけなのだ。そしてこの時になってようやく、怜は思い出したことがあった。

怜は赤バッジのデスクへ移動して、積み上がった本の中から一冊を引き出して持ってきた。テーブルに置いてページをめくり、土門と警視正が見やすいように本を回した。

それは悪魔の本の一ページ。豪華な縁飾りを施された挿絵であった。背中にマントをつけた骸骨が、同じく骸骨の戦闘馬にまたがっている。

「第四の騎士ですか？」

と、土門が言った。

「細部までこのとおりだったとは言いません。でも、似た光景をどこかで見たことがあるように思ったんです。それがこれです。この死神です」

オカルトに詳しくない警視正は眉根を寄せて挿絵を見ている。怜や土門が何を言いたいかピンときていないのだ。盲目の広目もそれは同じだ。

土門が警視正に説明する。

「新約聖書の終わりに配置された聖典に、ヨハネの黙示録という部分があります。終末を描いた預言書とも言われ、七つの封印が解かれたときに訪れる災厄や現象について記されています。神と悪魔の戦いを象徴しているとも言われる部分で、子羊が第一の封印から第四の封印を解くと、それぞれ『馬にまたがる者』が現れるのです」

怜が開いたページにあるのが、第四の封印を解かれたときに出現する『馬にまたがる者』だった。

「馬にまたがる者は、意訳して『騎士』と表現されます。第一から第四の騎士は、それぞれ違った色の馬に乗って現れる。役割や使命も様々です。

第一の騎士が乗るのは白い馬。弓を携え、冠を被っている。これはキリストのことだと言われ、与えられた使命は『支配』です。

第二の騎士は赤い馬に乗っている。剣を携え、与えられた使命は『戦争』です。

第三の騎士は黒い馬に乗っている。天秤《てんびん》を携えて穀物を計り、『飢饉《ききん》』をもたらす。

そしてこれ。これは第四の騎士で蒼い馬に乗っています。携えてくるのは黄泉《よみ》で、地の四分の一を支配する権利と、『地の獣ら』とともに人を殺す権利を有しています」

「世界人口の四分の一を殺すというのかね?」

「象徴的な意味だとしても、無視できない預言です」

「たしかに。聖書の預言とか聞けば荒唐無稽《こうとうむけい》に思えちゃうけど、戦争や飢饉や疫病《えきびょう》で何万人も死んでるわけで、絵空事じゃないのよね」

神鈴が言った。

「ぼくたちが見たのも骨になった蒼い馬でした。そこに甲冑を着けた者が乗り、大きくて細長い三角コーンみたいな槍を抱えていました……中世の騎兵隊が持っていたようなヤツです。ああ、そうだ。持ち手にユニコーンの首みたいな彫刻がありました……そいつは霧の中から現れて、ぼくと神鈴さんの前で止まった。一瞬だけ目が合ったんですが、何もしないで立ち去りました。全体的な印象として、どうも記憶にあるような……」

「それがこの挿絵だな？」

と、警視正が訊く。

怜は曖昧《あいまい》に首を傾げた。姿は挿絵に似ているものの、もっと具体的な意味で知っているような気がするのだ。そうかと言って悪魔や死神に知り合いはいないし、相手は全身を甲冑で覆っていたので素顔が見えたわけでもない。見たのはおぞましい双眸《そうぼう》だけだ。

その瞬間を思い出して身震いしながら怜は言った。

「死神というか、悪魔のような目をしていました」

怜の言葉にメンバーたちが悪魔に変じた赤バッジを思い描いたとき、けたたましい音でミカヅチ班の電話が鳴った。神鈴がビクンと飛び上がり、慌てて受話器を持ち上げる。警視正を振り向いて、

「極意さんからです」

と、短く言った。

「極意さん？　ちょうどこっちも会議中で……スピーカーにするわね」

会議用テーブルに着いたまま、ミカヅチ班は耳をそばだてた。

——こっちは捜査会議が終わったところだ。これから聞き込みに出るんで、相棒のトイ

レ待ちの隙《すき》に電話している。実は、第二の事件が起きた――

怜たちは顔を見合わせた。

――捜査本部は二つの事件に関連があるとは思っていない。共通点は傷口についた錆だけだからな――

「どういう事件なの？」

神鈴が訊いた。

――春日通りで道路工事をやっている。その現場事務所から今朝早く入電があった、工事用資材を置く保管庫へ部材を取りに入った工事人が、椅子に縛られて死んでいる女性を発見したと――

「誰なんだね？」

警視正が訊く。

――女性の身元は不明です。死因は失血死で、身体には穴が四つ。下顎骨《かがくこつ》の両側とみぞおちにそれぞれ二ヵ所、長方形の傷がありました。剣の切っ先を突き立てたような――

そして赤バッジはこう訊いた。

――アマネはそこに？――

「ここにいる」

席を動くことなく広目が言うと、

――昨晩、美術館で見た道具が使われたんじゃないかと思うんだが――

広目は首を傾げて訊いた。

「どの道具だ？　『濡れ衣の針』か？」

――そうじゃねえ。それと並んで展示されてたヤツだ――

広目は目を見開いて中空を見つめ、しばらくしてから、

「……ああ」

と、言った。

「死臭がすごくて鼻がバカになりそうだったが……そういえば血の臭いもすごかった。俺は血の臭いと肉の焦《こ》げた臭いぐらいしか嗅ぎ分けることができなかったが、あれは複数人の鮮血が混じっていたということか？」

――いや、あのときはまだ道具がコロシに使われていなかった。女性の死亡推定時刻は昨晩の十二時前後ということだからな。前回同様、現場に凶器も残されていない。

で、その道具だが、おまえが凄まじい瘴気を感じると言った針の近くにあったろ？

五、六十センチ程度の大きさがあって、胴長でガニ股《また》の人間が二人、両手で頭を抱えてくっついてるみたいなヤツだよ――

「どういう形状かサッパリわからん」

――使えねえなあ――

赤バッジは舌打ちをした。

——ガニ股の両脚がナイフみたいに尖ってたろうが。上下で四ヵ所。傷痕の数とも一致する。そうか……おまえには見えなかったか……すまない——

「それで捜査本部はどう動く?」

警視正が訊いて、赤バッジが答えた。

——今現在は動揺している最中ですね。管内で立て続けに起こった殺人ですから。ただ、帳場が二つ立つ可能性は低いと思います。監察医が今回も遺体に錆が残されていたことに注目したので、いくつかのグループが新しい事件の聞き込みに回されました。俺もその一人ですけど——

「全身穴あき事件のほうはどうです? なにか進展がありましたかねえ」

土門が脇から訊くと、赤バッジは、

——あったと言えば、ありました——

と、答えた。

——持ち物から被害者の身元が判明したと話しましたが、雲行きが怪しくなってきました。佐藤正彦、五十三歳、ベンダー企業の経営者だと言いましたけど、名刺の住所に会社が存在していなかったようで——

「それはまた……」

土門は警視正と顔を見合わせた。一方、怜は赤バッジが見たという道具について考えていた。悪魔関連の書籍を読みあさったので、インプットしたての情報が頭の中を行き交っている。

「極意さん。話を戻して恐縮ですが、四つの傷と傷の位置から察するに、その道具ってもしかして『異端者のフォーク』じゃないですか?」

怜はまたも本を探して挿絵を開いた。鉄の処女の記載があった『悪魔の計略・中世の拷問史』という本である。神鈴が本文を読んで聞かせる。

「両端がフォーク状に尖った鉄の道具で、中央の穴にベルトを通し、罪人の体に巻き付けて使うんですって。これを装着すると眠れなくなるの。睡魔に襲われて頭が下がると鋭いフォークの切っ先が喉や胸に突き刺さるから……人は眠れないと弱っていくでしょ? 異端審問で自白を促すのに使われた道具で、処刑具じゃないみたいだけれど」

——だが被害者は死んだ。上部二ヵ所の傷は下顎から耳の脇まで刃物が貫通、みぞおちにも裂傷があって内臓を損傷していた。遺体がこっちに運ばれてくれれば、胸にベルトの跡があるかもな——

「そうなると、神鈴さん。第四の騎士がぼくらを無視して消えたのは、ほかにやることがあったせいかもしれないですね。その女性を処刑するという」

「そういうことなの? え、じゃや、もしかして」

「誰彼構わず襲っているわけではない、ということか？」

広目がつぶやいたとき、

――相棒が戻った。電話を切るぞ――

赤バッジは通話を終えた。

「すぐに次の殺人が起きるとは思わなかったわ……え？　もしかして第四の騎士は、あんな調子で人の四分の一を殺すつもりなの？」

「それは無理があるでしょうねえ。毎日一人を殺しても、我々が忙しくなるだけで預言としてのインパクトは生まれませんから」

「インパクトの問題ですか」

怜が訊くと、土門はニッコリ微笑んだ。

「預言の書と宣《のたま》うからには、成就したという印象も大事になります。毎日一人では目立ちませんし、話題にもなりにくいのでダメでしょう……と、なれば、怪異がどんな理由で、どんな人物をターゲットにしているのか、知りたいところではありますねぇ」

ミカヅチ班にはかなり慣れてきたはずが、怜は今もときどき、特に価値観や考え方については普通の人とのギャップを感じる。

神鈴は受話器を置くとすぐテーブルに戻って、パソコンで何かを調べ始めた。

「ふうむ――」

と、警視正は腕組みをする。

「――我々の使命は怪異の秘匿だが、今回のように捜査本部が立ってしまうとやりにくい。どう動くにしても警察が障害になるからな……連続事件は否《いや》が応《おう》でも世間の目を惹くし、捜査員も躍起になる……ならば連続事件でなかったことにするのがいいか……」

「調べましたが、女性の死亡については、まだSNSにもネットニュースにも上がっていません。工事現場の保管庫ってところがよかったのかも……今のうちに、こっちを自殺に偽装できないかしら？　自殺なら報道を控《ひか》えてもらえるし……あ。極意さんからメールが来たわ」

パソコンを操作して顔を上げ、

「第二の事件の現場写真が送られてきました」

と、警視正を振り向いた。

広目以外の全員が神鈴の後ろに立ってモニターを覗く。

それは発見時の遺体の様子を写したもので、怜は思わず顔をしかめた。祓《はら》い師《し》をしていたころは凄惨《せいさん》な現場を目撃したし、死に様を留《とど》める怨霊《おんりょう》を見たりもしたが、あのときは自分自身が死地に立っていたこともあり、エグさや残忍さに身震いしているヒマはなかった。しかし、安全な場所に身を置いて凄惨な現場を覗き見ると、被害者が受けた恐怖や絶望がダイレクトに伝わってきて辛くなる。

刑事は日常的にこんな状況に置かれているのか。こんな仕事をするにはきっと、メンタルの一部を殺す術を身につけなければならないだろう。極意さんはとんでもない現場で働いているんだ。

工事用資材の保管庫は現場に仮置きされたコンテナだった。画像ではドアが開けられていて、三角コーンや方向指示板、バリケードやトラ模様のポール、バケツや車止めや電源ドラムなどが雑多に山積みされていた。普通はもっと整然としているものなのに。

被害者はそれらの下に、まるで床から湧いて出たかのように、物に紛れて座っていた。派手に光り輝く最高級のプレジデントチェアが資材の隙間で異彩を放つ。座面は赤のベルベット、ハイバック部分の彫刻はすべて金箔《きんぱく》で彩《いろど》られている。

別の写真では資材がどけられ、椅子と被害者がよく見えた。

座っているのは太って小柄な女性で、両手、両脚、ウエストがきっちりと縄で椅子に括《くく》られていた。異端者のフォークはそこになく、ただ血まみれの女性が椅子に縛られているだけだ。赤バッジの話では、下顎から入ったフォークが耳のあたりへ貫通していたそうだが、切っ先が内頸動脈《ないけいどうみゃく》を貫いたらしく、首から下は血まみれだった。着ているものは高そうなスーツで、俯いているので顔は見えない。

「ああ……いや、これは――」

と、ため息交じりに土門は言った。

「──これを自殺に偽装するのは……ちょっと難しいですねえ」

「羞恥《しゅうち》プレイの果ての事故死ではどうかね？」

警視正はモニターを眺めて至極冷静に考えている。

「現場写真ってゾッとするわね」

神鈴が静かにポシェットを鳴らした。

任務よりも被害者に心を寄せるところが好もしいな、と怜は思う。怜自身も同様で、本人は死んでもこんな姿を見られたくなかっただろうと痛ましさが募《つの》る。

安田怜は共感力の高いエンパス系の霊能力者だ。人であれ動物であれ植物であれ、それが死霊や悪霊であっても、相手の感情を自分の感情のように察知する。

生まれ持ったその能力は、怜に辛い年月を強《し》いてきた。闇雲《やみくも》に他者の感情が流れ込み、自分の感情を支配する。子供のころは特にひどくて、怒りを感じれば怒り出し、悲しみを感じれば泣きわめき、人に見えないモノと会話して、人に見えないモノを見た。

病院へ入れられずに済んだのは、そんな怜が預けられたのがお寺であったおかげでもある。薄暗くてだだっ広い空間に黄金の瓔珞《ようらく》が降り注ぐ本堂でだけ、怜は心の平安を得た。何歳ごろかは忘れたが、怖い顔の坊さんから他者と自分の感情を切り離す術を学んだ。それでなんとか生きてこられたが、それでもこんな映像を観《み》るのは辛い。今ですら殺人現場などでは殺意や恐怖に翻弄《ほんろう》されるし、人混《ひとご》みで他者の思惑に心乱れることがある。

それでも前を向けるのは、この能力が誰かを救うと信じるからだ。

声なき人を救いたい。死体の状況を確認せずして真実に近づくことはできないから、怜は本人の霊に呼びかける。ごめんね。あなたが死んだ理由を知るために、次の犠牲者を出さないためにも、あなたの死に様を拝見します。

心で手を合わせて彼女を待った。

こうして想《おも》いを伝えると、死者が背後に来て語りかけてくる。実体さながらの姿で現れることもあれば、声だけがすることもあり、死に際の恐怖や訴えたいことなどを瞬時に悟ることもある。しかし今回はそうならない。

最初に死んだ男も、この女性も現れず、思考すら欠片《かけら》ほどにもわからない。

怜にとって、これは珍しい現象だった。

「どうしたの？」

と、神鈴が訊いた。

「おかしいんです……呼びかけても応答がない」

「写真の女は答えないのか」

と、広目も訊いた。

「はい。それに、最初に死んだ男性も応答してこないんです。普通は訴えたいはずじゃないですか。こんなひどい目に遭わされて、痛かったとか、苦しかったとか、あいつがやったとか、言いたいことがあるはずですよね？　でも何も言ってこない。そうだな……まるで……死んでいないみたいな感じで、思考の欠片もつかめない。こんなことは初めてです。大体は、後ろに立ったり、映像が浮かんだり、声が聞こえたりするんですけど……」

土門と警視正が顔を見合わせた。

「それについては、どういう場合が考えられるのかね」

想像もつかないので、怜はただ首を傾げた。

「あと、状況が変だと思います」

画像の一枚を指して言う。

「椅子は女性ごと床から湧いて出たみたいに見えます。椅子の上から資材をぶちまけたわけじゃなく……ほら、ここなんかよく見ると……」

トラ模様のポールは持ち上げて落とされたかのようにあらぬ方向を向いて乱れているし、重ねて収納されていたはずのコーンはひっくり返って電源ドラムの上に散らばっている。女性はそれらに埋もれているのだ。

「こんな場所に忍び込んで羞恥プレイをしたとして、椅子が豪華すぎますし、物に埋もれているのも変です。内部に女性を入れるには、コンテナ内の部材を一度外に出してから、椅子を運んで彼女を入れて……そんなことをしていれば工事現場の人が気づきますよね」

「ううむ。羞恥プレイも使えんか。いいアイデアだと思ったのだが」

警視正は残念そうにつぶやいた。

「殺害現場はコンテナ内部か？　――」

と、広目が訊いた。

「――床に血は流れているのか？」

「流れています」

「資材にも飛沫《ひまつ》血痕があるから、たぶんここで死んだのね」

「資材の下で？　やっぱり普通の人間には無理ですよ。空間を折りたためる能力があるモノの仕業だと思いますけど」

「俺は不思議に思うのだが……」

広目は見える者のようにパソコンの周りに集まった仲間たちを見た。

「怪異は人に忖度《そんたく》しない。ならば一人目の犠牲者などは、展示物の中に置きっぱなしでもよかったはずだ。そのほうがセンセーショナルだし、人心も乱れたことだろう。しかし遺体は外にあり、二人目も工事現場で見つかった」

「それはたしかにそうですねえ」

と、土門が言った。

「凶器は会場に、遺体は外に……広目くんはそれに意味があると思うのかね？」

警視正が訊くと広目はそちらに目を向けて、

「思います。小埜さんが悪魔憑きをわざわざ捜査本部へ送った理由も、そこにあるのではないでしょうか。今回の怪異は赤バッジが関わるべきものだったのだという気がします」

「どうして極意さん限定なの？」

「それがわかれば話は早いが、生憎《あいにく》俺には見当もつかない。悪魔がらみだから悪魔憑きを適任と思った……そんな単純な話ではなかろう」

答えを求めて怜を見てくる。つられて神鈴も土門も、警視正までが怜を見つめた。

「……え……無理です。ぼくもわかりません」

全員が素早く視線を戻した。微妙な空気に包まれているとオフィスのドアが開き、

「いたかい？」

と、声がした。

そこには清掃員の制服を着た婆《ばあ》さんが三人立っていて、お掃除カートをゴロゴロ言わせながらミカヅチの部屋へ入ってきた。

「土曜日なのに休まねえの？　外はキラキラ飾りがきれいだよ」

色黒で四角い顔の小宮山《こみやま》さんが会議用テーブルにカートを横付けすると、

「キラキラ飾りじゃなくてイルミネーション。イルミネーションっていうんだよ」

三角巾《さんかくきん》が立ち上がるほどボリュームのあるドレッドヘアの千《せん》さんが笑った。お掃除カートにかぶせた布の覆いを取って、中をガサゴソかき回し始める。

「そうよねえ？　キラキラ飾りじゃ七夕と見分けが付かないわ」

壁際から椅子を持ってきて、広目の隣にちゃっかり座ったのは白髪頭のリウさんだ。制服のポケットから手鏡を出してピンクの口紅を塗ってから、広目に腕を絡ませる。

「三婆《サンババー》ズこそ、土曜日なのに仕事なの？」

神鈴が訊くと、ドレッドヘアの千さんが、

「土曜は隔週で仕事に来るんだよ。働き方改革で作業員が足りないからね」

「そうそう。稼げるときに稼いでおかんじゃ、葬式代も貯《た》められねえからさ」

千さんがカートから取り出したタッパーを、小宮山さんがテーブルに置く。

「やだ、お弁当？　私たちに？」

「そうじゃぁねえよう」

小宮山さんは手を振った。

「土曜は仕事が半ドンなのに、間違えて漬物を持ってきちゃってさ。取っておく場所もねえから、食べて、食べて」

「あたしらはランチに行くから、今日はお弁当を持ってきてないんだよ」

「小宮山さんったら、最近は物忘れがひどいのよぅ。歳《とし》かしらねえ」

「なに言ってんだ、リウさんよりおれのほうが五つも若《わけ》ぇぞ」

「あらぁ〜っ、歳なんて三十過ぎればみんな同じよ。人間はね、赤ちゃんと子供と大人しかいないんだから」

「永遠の乙女がもの申しているよ」

千さんがそう言うと、小宮山さんは「がはは」と笑った。

「それでタッパーの中身は何ですか？　まさかキムチじゃないでしょうね」

土門が恐る恐る覗き込んできたタッパーを、小宮山さんは一気に開けた。

三婆ズの小宮山さんは漬物上手だ。毎日様々な漬物を持ってきて、休憩室で食べている。新作を漬けたときなどはミカヅチ班にお裾分《すそわ》けが来ることもある。しかし、白菜漬けと間違えてキムチを持ってきてしまったときは、スプリンクラーが作動しかねないほどの臭いに警視庁本部が阿鼻叫喚《あびきょうかん》の渦に見舞われた。咄嗟に土門が鼻を覆うと、

「きれいー！」

と、神鈴が感嘆の叫びを上げた。

幸いにもそれはキムチではなく、紅色の汁に浸ったカブだった。汁に浮かんだ柚《ゆず》の皮がえもいわれぬ芳香を醸《かも》し出《だ》している。

「そうだろー？　きれいだろー？　旬《しゅん》の赤カブを酢漬けにしてさ、今がちょうど食べごろなんだよ」

「あらぁ～、やっぱり美味《おい》しそう」

リウさんは広目の陰から身を乗り出して、土門に流し目を送った。

「置いていくつもりで来たんだけれど、どうかしら。ここで食べてもいいかしら？」

「今日は十時のお茶もしてねえし、いいよな？　な？　土門さん」

土門は警視正に視線を送り、許可を得て怜と神鈴に言った。

「三婆ズの差し入れとなれば仕方ありません。お茶の用意をお願いしますよ」

「和菓子とかもあるのかい？」

「ないですねえ」

申し訳なさそうに土門が言った。

三婆ズと呼ばれる三人の清掃員は、年長のリウさん率いる特殊清掃のプロたちだ。普段は警視庁本部ビルの清掃員をしているが、怪異がらみの事件現場の後始末についてはミカヅチ班から直接仕事を受けている。当然ながらギャラを払うが、高額を支払えばなんでも受けてくれるというわけでもない。三人とも自由人なので『その気』にさせねば一切動かず、土門がよく用いる手段が袖《そで》の下である。美味しい和菓子や芝居のチケット、美貌《びぼう》の広目のお願いなど、状況によって使い分け、気持ちよく仕事をしてもらうのだ。

怜がみんなに新しいお茶を淹れ、神鈴がそれぞれに赤カブの酢漬けを取り分けているそばで、土門が訊ねた。

「ランチはどこへ行く予定ですか？」

「カツだよ、カツ。老舗《しにせ》のさ、分厚くてやわらか〜いカツを食いにな」

「土門さんたちも一緒にどうぉ？　トンカツは嫌い？　広目ちゃん」

「俺は弁当を持参している――」

髪を弄《もてあそ》ぶリウさんに耐えながら広目は言った。

「――それに、土曜に全員揃っているのは、やるべき仕事があるからだ」

すると小宮山さんが室内を見渡して訊いた。

「そういや赤バッジの姿が見えねえな。刑事部にもいなかったけど、なんかあったの？」

神鈴がみんなに漬物を配る。真っ先に警視正に供えると、

「いい香りだな」

警視正は鼻をヒクヒクさせて微笑んだ。

「そうだろ？　色もいいだろ？　新鮮なカブでねえとこういう色は出ねえんだよ。赤カブと『もってのほか』は同じころに出るから、味付けにこの汁を使うと見た目もきれいで美味しくなるよ。自然ってのはよくできてるな」

「なあに？　もってのほかって」

テーブルに着いて神鈴が訊いた。答えたのは料理上手の千さんだ。

「薄紫の食用菊だよ。最近はこっちでも見かけるようになったけど、昔は山形に行かないと手に入らなくてね。毎年楽しみにしていたものよ。色がきれいで苦みがなくて、シャキシャキしていて香りがよくて」

「わたくしは大好きよ」

「花びらがストローみたいになってんだ。きれいだから天ぷらにしてみたことがあったけど、茶色くてガビガビの針金みたいになって失敗したな」

「粉をはたいて揚げないからだよ。えのきと一緒で、細い食材は下処理しないと硬くなっちゃうよ」

「いいよ、おれは千さんが天ぷらにしてきたヤツを食うから」

婆さん三人が話で盛り上がっている脇で、神鈴はさっそく赤カブを食べ、

「うーん、おいしい、間違いない——」

と、太鼓判を押した。

「——極意さんの分も取っておかないと怒るかしら……」

「それで京介ちゃんはどこへ行ったの？　アメリカ？」

「上野署の捜査本部だよ。上野恩賜公園で変死者が出たのだ」

警視正が言うと、リウさんが目を丸くして、

「あらぁ、それって細長いものでメッタ刺しにされたってやつかしら？　昨日のニュースでやっていたわよ……亡くなったのはどこかの社長さんだったのよねえ」

「そのように報道されていましたが、実際は違うかもしれません」

「違うってなにが」

と、小宮山さんが訊く。

「いろいろと謎の多い事件でして」

三婆ズは顔を見合わせた。

「それで土曜に集まってたの。だけどさ、妖怪がらみの事件にしちゃ、殺し方が普通じゃねえの？」

「全身数十ヵ所も穴が空いていたのだぞ。普通はなかろう」

フンと広目が鼻で笑った。

「あら、数十ヵ所も？　そうなの？　怖いわぁ」

どさくさ紛《まぎ》れに抱きつかれ、広目は眉間に縦皺を刻んだ。

赤バッジや班のメンバーには歯に衣着せぬ物言いをする広目だが、なぜか三婆ズの、特にリウさんに対しては、態度や言葉で冷たく接するのを見たことがない。きれいなもの好きのリウさんは広目のファンで、長い髪や薄い身体にペッタペッタと触りまくるが、それすら必死に我慢している。

「広目ちゃんは少し痩せたんじゃなぁい？　もう少しごはんを食べたほうがいいわよ。わたくしは華奢《きゃしゃ》な殿方も好みだけれど、殿方の筋肉も好きなのよ」

「ならば俺ではなく赤バッジを触るがいい。あいつは筋肉の塊だからな」

せめて不快な表情を見せたが、リウさんはお構いなしだ。指先で腕の筋肉をなぞっている。

「それはもちろん知っているけど、わたくしは面食いなのよ。京介ちゃんの身体に広目ちゃんの頭がついているのが理想だけれど、それだとなんだかチグハグよねえ」

「付けたり外したり、人間の頭が簡単に付け替えできたら怖《こえ》よな、なあ、折原《おりはら》さん？」

小宮山さんが失礼なことを言う。リウさんの頭が肩に乗ったとき、

「新入り」

と、広目は怜に目を向けた。微笑もうとして引きつっている。

「……なんとかしてくれ」

腕に鳥肌が立っていそうな顔だったので、怜はリウさんの湯飲《ゆの》み茶碗《ちゃわん》にお茶を注《つ》ぎ足《た》した。片手で茶碗を持とうとしたら熱かったので、リウさんは両手で茶碗を抱えると、

「あら……そういえば」

と、背中を反《そ》らして土門を覗いた。

「わたくしたちもね、『変死の片付け』をしてきたところよ？　それも奇妙な」

「三婆ズに依頼が行くのは尋常でない案件ばかりですからね」

「そうなのよう。それに、今は十一月で真夏じゃないでしょ？　腐乱の速度もそれほどじゃないし、この時期に土門さん以外から副業の依頼が来るのは珍しいのよ」

「立つ鳥跡を濁《にご》さずで、死ぬにも礼儀ってものがあるからな」

「死に方が汚いのはよくないよ、ねえ」

「どこですか、現場は」

と、土門が訊いた。三婆ズは顔を見合わせ、

「小塚原刑場《こづかっぱらけいじょう》があったあたりの河原じゃねえの、あれは」

「それがさ……な」

と、千さんはリウさんを見る。リウさんは茶碗を置いた。

「今回はボランティアでお受けしたのよ。亡くなったのがホームレスさんだったから」

「どんな死に方だったんですか？」

怜が訊くと小宮山さんが、

「ありゃ蒸し焼《む》《や》きだよな」

と、千さんを見た。千さんは頷いた。

「皮が剝けちゃって、ひどかったんだよ。焦げてるところもあったけど、状況は蒸し焼きだね……なにがあったか知らないけどさ」

「おれの友だちがホームレスの支援をやってんだ。で、おれのところに電話がきてさ。ほれ、おれらは天下の警視庁で働いてるだろ？　だから、どうすりゃいいのか教えてくれと。お掃除ババアに警察の事情がわかるわきゃねえのに、知らねえんだよ」

「それにはね、やむにやまれぬ事情があるのよ。通報すれば早いけど、警察が入るといろ

いろと面倒くさくなって、ホームレス村が潰されちゃうかもしれないでしょう？　だから
そのあたりをね、小宮山さんのお友だちは心配されていたのよね」

「まあな、それが本音だ。みんな行き場所を失っちゃうからな」

話が逸れていきそうなので結局、誰がいつ、どんなふうに死んだのでしょうね」

「なるほど……それで結局、誰がいつ、どんなふうに死んだのでしょうね」

話が逸れていきそうなので土門がやんわり訊ねると、

「それがねぇ……ちょっと気味の悪い話なのよぅ」

リウさんは片手で口を押さえて身を乗り出した。ひそひそ話をする体《てい》で、実は大きな声
で言う。

「亡くなったのは八十代くらいのご老人で、村に流れてきて二ヵ月くらい。でもね、それ
はもう……み〜んなから嫌われていたんですって」

「おれの友だちなんか、誰かが殺したんじゃねえかと心配してたよ」

「でも、あれは違うよ。死に方が普通じゃなかったからさ」

「どこが普通じゃないのかね？」

警視正が問うと千さんは、

「その人が死んだ夜、ホームレス村にオバケが出たらしいんだよ」

「そうなのよぅ。河原にね、冷たーい風が吹いてきて……灰色の霧が立ちこめて……蹄の
音が、カツ、カツ、カツ……馬の嘶きがブルルル……」

リウさんが怪談師のように腕を伸ばしてヒラヒラさせるので、怜と神鈴は視線を交わした。千さんも言う。

「焚《た》き火《び》のそばにいた人たちが、みんなでそれを見たってさ……青白い影がゆら〜り、ゆら〜りと、その人のテントに近づいてくのを」

「しばらくすると笛の音が聞こえたんですって……ヒュウ〜、ヒュ〜ウ〜……それが次第に激しくなって『ぼうおうおーっ』って、身の毛もよだつ咆哮《ほうこう》に」

リウさんは身をすくめ、広目にピッタリ張り付いた。

「それはもう尋常ではない音だったそうよ。あまりの凄《すご》さにほかの人たちも外に出てきて、死んだ人のテントに集まったんだけど……」

「誰も助けに行かなかったのでしょうか？」

「そーんな、土門さん。行かねえよ、おれだって行かねえ、助けになんか――」

と、小宮山さんが笑う。

「――そのジジイはさ、仲間の金を盗んだり、野良猫を捕まえてさばいて喰ったり、カエルや虫を見れば潰したり、ゴミを人のテントに放り込んだり……まー、残忍で陰湿な性格だって。んなもん、罰が当たったんじゃねえの？」

「こわーい音が聞こえなくなってから、みなさんは、やっとテントを覗いたらしいの。そうしたら……」

その人の身体から真っ白に湯気が立っていたんですって。と、リウさんは言った。

「イヤよねぇーっ。内臓ごと蒸し焼きになった人のご遺体なんて」

皺だらけの顔をしかめて言うので、怜は想像して吐きそうになった。ときに想像は実際を超えて凄まじいとしても、そんな場面に遭遇するのはまっぴらだ。

「みんな腰を抜かしたってさ。そりゃそうだ。ジジイの蒸し焼きじゃあな」

「どうやって蒸し焼きに？」

土門が訊いた。

「知らねえな。それこそ幽霊にでも訊いてみんじゃ」

「で？　処理はどのようにしたのかね」

警視正の問いにはリウさんがすまして答えた。

「川へ運んで沈めてきたのよ」

「水葬みたいなもんだよね。土左衛門《どざえもん》がガスで浮かんでくるころには、蒸し焼きかどうかもわからなくなっているだろうし」

「好きでホームレスになるもんはいねえし、居場所がないのも辛《つれ》ぇから、そんなときくらいはおれたちがお役に立ってやらんじゃな」

「ホームレス村へお掃除に行ったのはいつですか？」

「勤労感謝の日だよ。死んだのが前の日で、臭いがひどいから早く来てくれって言われたんだけど、こっちもいろいろ都合があるしな。日が暮れる前に水葬は無理だよ」

「そうよぅ。わたくしたちにしてみればボランティアの、しかも休日出勤ですもの」

三婆ズの話を聞いた怜は、警視正に体を向けて私見を述べた。

「それも第四の騎士の仕業だと思います。もしかすると、美術館に『ファラリスの雄牛』も来ているんじゃないですか」

挙手して広目が静かに言った。

「鋳造された牛のことなら、巨大な置物がたしかにあった。凄まじい瘴気を噴き出していたもののひとつだ」

「それに、広目さんはさっき極意さんと電話で話しているとき、血の臭いのほかに肉の焦げた臭いを嗅いだと言ってましたよね」

広目は顔を上げて訊く。

「蒸し焼きの臭いだったと思うのか？」

「なるほどですね」

と、土門が言った。

「全身穴あきの男性より先に、蒸し焼きの男性がいたということになりますか」

「企画展が始まったのは祝日の前日よ。展示品はそれより前に日本に入っていたはずだから、もしかしたらほかにも変死事件が起きていたのかもしれないわ」

神鈴は言って、警察のデータを探し始めた。

「あらぁ～、なあに？　なにか大変なことになってるの？」

と、リウさんが訊く。

怜は三婆ズに説明をした。

「ことの発端は公園で見つかった変死体です。全身六十ヵ所以上に穴が空き、頭部の傷は脳を貫通。この件で上野署に捜査本部が立ちました。そこへ極意さんが派遣されていますけど、裏で操作したのが連絡員の小埜さんなんです」

「長野県警の小埜さん？　小埜さんってイケメンよねえ。死んでいるけど」

「そうです。それで、穴あき男性の殺害に使われたのが、遺体発見現場近くの美術館に展示されている鉄の処女ではないかと……」

「あれが凶器で間違いなかろう――」

と、広目が言った。

「――スキャンデータを照合すれば確たる証拠が出るはずだ。ちなみに鉄の処女とは、中世ヨーロッパの処刑具だ」

「そんならおれも知ってるよ。釘だか針だかが突き出た棺桶みたいなヤツだろう？　罪人を入れて戸を閉めるんだ」

「それで串刺し？　六十ヵ所も？　残酷ねえ」

リウさんは痛ましそうな表情を作った。

「効率よく人を殺すために、床が抜けるようになってんだよな？　ほれ、なんだっけ？　若い召使いを殺して血を浴びた貴族の女がさ、造ったとかいう話だろ。血を絞ったら穴から落として、城には死体を流す排水口まで造ってたってな。溝に刃物が仕込んであって、流れていくとバラバラに……」

「小宮山さん、変なことに詳しいのね」

神鈴が言うと小宮山さんは、

「おれはそういう話が好きだからさ」

と、すまして言った。

「人ってのはどこまで残忍になれるもんだか、おれは子供のころから怖い話に興味があったよ。だって、知らなきゃもっと怖《こえ》えもん……でもまあ、この歳になったらさ、一皮剝けばみな骸骨だとわかって、怖えもんもなくなってきたけどな」

「鉄の処女が実際に使われた確証はないと聞いたが、現場で霊視した限り、あれはここ十数年で複数の女の血を吸っていた。部屋の片隅に被害者がいたから間違いない」

広目の言葉には一瞬の沈黙が訪れた。

「それってどういうことかしら……十数年って……鉄の処女は中世ヨーロッパの道具でしょ？　でも広目ちゃんは、それを使って現代女性が殺されていたって言いたいの？」

「そういうことだ。俺は展示品の持ち主が殺人を犯したのでは、と考えている」

神鈴も広目を見て訊いた。

「だから来歴を調べろって言ったのね」

「うむ。思うにあれは明確な目的を持って日本に来たのだ。保管中にも、それ以前に展示されていた場所でも、人が死んでいたのではないかと思う」

「はてさて……広目くんの推理が正しいとすれば……展示物すべてに血を吸わせることが怪異の目的なのでしょうかねえ」

土門がつぶやく。顔を見合わせている三婆ズに怜は言った。

「実は昨日も殺人が起きて、『異端者のフォーク』が使われたみたいなんです」

「あら、フォーク？　フォークで人が殺せるの？　時間も体力も要りそうよねえ」

「小さいフォークじゃないですよ。異端者のフォークは睡眠を奪う拷問道具で、装着した人が眠って頭が下がると、身体に刺さる工夫がされているんです」

「あらぁーっ、ザンコク」

リウさんは顔をしかめた。

「ちなみにリウさんたちが水葬にした男性ですけど、笛の音と、蒸し焼きになったという状況から、『ファラリスの雄牛』で殺害された可能性が高いです。

中世ではなく古代ギリシアで考案された処刑具で、実際に処刑具として使用され、二百人以上の命を奪ったと言われています。

シチリアの王ファラリスが太陽神アポロへの奉納品《ほうのうひん》として作ったものですが、精巧な雄牛の像を作るよう命じられた彫刻師は、像に鳴き声を上げる細工をしました。もちろん魔法なんかじゃなくて、カラクリがある。像は内部が空洞になっていて、腹部に扉が付いていました。彫刻師が言うには、牛の腹に罪人を入れ、下で火を焚《た》いて炙《あぶ》ってください。牛の鼻に笛を仕込んでおきましたから、罪人の悲鳴がそこを通れば、えもいわれぬ音色となって鳴り響くことでしょう、と」

小宮山さんは汚物を見たように顔をしかめた。

「その残忍さに戦慄《せんりつ》した王は、入ってみよと彼に言い、扉を閉めて火を焚いた」

「ダメダメ、そんな話を聞いたらホームレスさんたちが眠れなくなるよ」

「えげつねえな、くわばらくわばら……」

「ファラリスの雄牛は、オリジナルもレプリカもすでに現存しないと言われていましたけど、広目さんによれば展示品にあったようです」

「たしかにあった」

「そうなら拷問処刑具のコレクターか持ち主が新たに鋳造したのかもしれません。それを使って人を殺すという残忍な目的で」

警視正は腕組みをしている。

「ふうむ……使用するために道具を集め、ない物は新たに製造し、それらを持って各地を回り、犯行に用いる……こうしたケースは初めてではないかね？」

「少なくとも私が知る限りでは初めてのケースですねぇ」

土門が答える。

「これはどういうことでしょう？　そもそも怪異というモノは、それがどんなにおぞましくとも、単純な欲求で発動します。殺したい、祟《たた》りたい、不幸にしたい……中でも多いのが『欲しい』と『うらやましい』ですか……命があってうらやましい、だから命を奪いたい、聞いて、助けて、成仏させて……単純明快な動機があります」

「ところがあれはそうではない。因縁物《いんねんぶつ》が人を殺しているとして、複数の因縁物が同時期に発動するのが先ず珍妙だ。そしてもっとも謎なのが――」

広目が仲間たちに目を向ける。

「――死神なのか騎士なのか、そいつの役割はなにかということだ。死んだ被害者を連れに来ただけなのか、それともほかに意味があるのか」

怜は頷く。たしかに今回の事件は単純じゃない。直近にレベル４の『移動する怪異』に遭遇したばかりだというのに、土門はまたも初めてのケースだと言う。殺しの理由も、その目的もわからない。眉をひそめて考えていると神鈴が手を挙げた。

「企画展は二十七日の月曜日が最終日で、終了まで二日もあります。ホームページを調べたら、ポスターにファラリスの雄牛も鉄の処女も、異端者のフォークも写っていました。あと、ザッと調べてみたところ、ほかに変死の情報は見つかりません。ホームページに展示品の来歴も書かれていません。主催者について美術館に問い合わせてみましょうか？」

「公のルートを辿《など》るより、地道に聞き込みするほうがよかろう」

と、警視正が言った。

「小埜先輩が事前にこちらへ報告してこなかったことからしても、我々が動いていることはなるべく伏せておくべきだと思う」

「仰るように、怪異に目的がある場合、我々が障害になると知られれば、牙を剝いて襲ってくるかもしれません。先ずは向こうの手の内を知らないと……なんといってもこちらは生身の人間ですから」

「土門くんの言うとおりだ」

警視正は立ち上がり、一同を見渡した。

「小埜先輩が通常のルートで我々に接触しなかった理由がそれだと思えば納得できる。赤バッジに理由を伝えなかったのも、『知っている』と悟られないためかもしれん。

ほかにもまだある。上野恩賜公園と小塚原刑場跡地は忌み地だが、春日通りはそうではない。今回の怪異は忌み地由来の事件ではなく、『なにかまったく別』の怪異だ。その前提で活動するように」

「はい」

と、一同は返事をした。

「問題は事件の裏にある『本当のところ』だ。これを知らずして隠蔽はできない。ここは小埜先輩の嗅覚を信じ、慎重を期してくれたまえ」

全員が席を立ち、

「わかりました」

と答えた。

三婆ズは外部協力業者だが、怜らと同様に立ち上がり、

「やだぁ、折原さん、カッコいいわぁ～」

と、返事の代わりに拍手をした。

其の四　ファラリスの雄牛

同日十八時過ぎ。神鈴と怜は赤バッジのシャツと穴あき男性の遺体写真の照合を終え、男性が鉄の処女で殺害されたという証拠をつかんだ。

土門の指示を受けた神鈴がそれを赤バッジに伝えるべく電話をすると、赤バッジからも新たな情報がもたらされた。

――二人目の犠牲者の女だが、警察の犯罪者リストに名前があったぞ。調べてみろ――

神鈴は赤バッジが告げた名前をメモしてから、

「スピーカーホンにします」

と、警視正に言った。

「実はこっちも情報があるの。全身穴あき男性の死体発見前にも変死事件が起きていて、そっちは三婆ズがお掃除してたの」

――あ？――

赤バッジは不機嫌な声を出す。土曜出勤にも拘わらず怜らはまだオフィスにいて、昨晩当番勤務をしていた土門もついさっき、シャツと遺体の穴の照合を待って家に戻ったところであった。

――なんだよ、お掃除って。違法だろ――

「ミカヅチの協力業者に違法とか」

奥の暗がりで広目が笑う。その声を聞いた赤バッジが食いつく前に、怜も告げた。

「ファラリスの雄牛で殺されたようです」

――なんの牛？――

「最奥のガラスケースに展示されていた巨大な牛の置物だ」

広目の声に赤バッジは「ああ」と答えた。

――ただの飾りじゃなかったんだな――

「内部に人を入れて下で火を焚き、焼き殺すための処刑道具です。悲鳴が鼻の穴を通って外部に響くと、牛が鳴いているように聞こえるんです」

――胸クソもそこまでいくと……ホントに人が作った道具かよ――

「同感だ」

と、広目も言った。神鈴は受話器をデスクに載せて、脇でパソコンを操作している。やがて警視正を振り返り、

「被害女性のデータが出ました」

みなに聞こえるように大きな声で、

「本名は福村和美《ふくむらかずみ》六十三歳。同僚だった女性ホステスの殺人と暴行、窃盗、ほかに詐欺《さぎ》容

疑で六年前に指名手配された人物でした」

続いて赤バッジが言う。

――死亡時には中村《なかむら》あさみを名乗っていた。整形を繰り返して犯行当時と顔が違うし、歳も五十二歳とサバを読んでた。ちなみに本物の中村あさみは二年前から消息不明で、家族が行方を捜していたらしい。身分証は彼女のもので、たぶん生きてはいないだろう。最初の殺人も同様で、被害者に取り入ると家に転がり込んで生活を共にし、相手を殺して山林に埋め、その後は本人の家で本人の持ち物を使って生活をする――

「どういう女よ」

と、神鈴がつぶやく。

――雲行きが怪しくなったら引っ越しだ。あきれることに、逃げるのではなく被害者の家財道具を持っていく。六年の逃亡生活でさぞかし疲弊したかと思いきや、身の上相談系のユーチューバーになって稼いでやがった。指名手配犯がユーチューバーとか、世も末だぜ。ギャンブル依存症で趣味はパチンコ。チャンネル視聴者相手に売春して稼いだり、結婚をチラつかされて金銭を詐取された男もいたようだ。ちなみに彼女が縛り付けられていた椅子は動画配信に使われていたものだ。高級マンションに暮らしていて、部屋に血だまりが残されていた――

「マンションで殺害されて工事現場に運ばれたってこと?」

——物証からはそうなるな——

「はて。捜査本部はどう解釈するかな」

警視正が言うと赤バッジは、

——意味不明すぎてパニックですよ——

と、言って笑った。

——もうひとつ。穴あき男のほうにも前科があった——

広目は閉じていた目を開けて、怜と神鈴は顔を見合わせた。

——怪しいなとは思っていたが、佐藤正彦五十三歳、ベンダー企業の経営者というのは真っ赤な嘘で、その正体は山辺光生《やまべみつお》四十八歳。クソみてえなセミナーを主催していた詐欺師だったよ。騙《だま》した相手にヤクザ者がいて、拉致《らち》されたところを返り討ちにして二人を殺害、残り一人を半殺し——

「その事件なら記憶にあるな。犯人に格闘の心得があったのではなかったかね」

——さすがはよくご存じで。山辺は海外に留学中、傭兵《ようへい》の養成所に通っていたそうです。サバイバルゲームが趣味ですが、実際に人狩りをしていたという噂《うわさ》もあり、過剰防衛による殺人と暴行で三年前に指名手配されていました。司法解剖の結果、本人が末期ガンに罹《かか》っていたこともわかりました。余命一月《ひとつき》程度で仕事もできず、今は公園で暮らしていたようです。ホームレスを支援する団体の人物が山辺のことを知っていて、炊《た》き出《だ》しに顔を出すようになったのはここ数ヵ月のことだと証言しています――

「おかしいですよ」

怜はあることに気がついた。デスクの受話器に向かって言う。

「三婆ズが処理したホームレスの男性も残忍な性格で、みんなから嫌われていたそうです。仲間の誰かが殺したんじゃないかと疑うほどに」

「あ、そうか、そうよね」

と、神鈴も言う。

「被害者は全員が犯罪者。まさかそういうことかしら？」

――三婆ズが処理した死骸《しがい》も前科者だったのか？　――

「前科まではわかりませんけど、陰湿で残忍だったらしいです」

――んだよ。素人はツメが甘いな。そいつの名前や身元は？　――

「八十代に見えたと聞いてはいるが、調べようにも遺体はすでにナマズの餌だ。テントが残っていれば身元に繋がる物が見つかるかもしれんが、ホームレス村ではそれもあるまい。残念だがな」

警視正がすまして答えた。奥の暗がりで広目もつぶやく。

「ともあれ三人とも碌《ろく》な人物ではなかったようだ」

――こっちはもう少しで女の司法解剖が終わる。耐性のない相棒は廊下でダウンしているから、その間に俺がちょっとそっちへ……はい？　――

赤バッジは言葉を切ると、誰かに向かって「わかりました」と答えた。

――解剖が終わった。結果を聞いてまた電話する――

通話が切れると受話器を戻して神鈴が言った。

「これっていったいどういうこと？」

広目はデスクで腕組みをした。

「赤バッジの話が本当ならば、今回の怪異は無差別に人を狙《ねら》ったわけではなく、犯罪者のみを狩っているということか」

「犯罪者限定とはな……たしかに新しいタイプのようだ」

そう言って警視正は二回りほど首を回した。

「もしかして、いい怪異？」

と、神鈴も首を傾げて訊いた。

「怪異にいいも悪いもあるか」

広目の言葉に、神鈴はポシェットの蓋を弄びながら、

「犯罪者だけが殺されるなら、放っておいてもいいんじゃないの？　むしろそのほうがよくない？」

警視正がすぐさま答えた。

「ところがそうもいかんのだ。我々の使命は怪異の存在を隠すこと。狙う相手が誰であれ、頻繁に目立つ殺し方をされては円滑な対応ができなくなってしまうからね」

怜は神鈴の言葉について考えている。悪い人間なら、人殺しなら、狩られてもいいと思う気持ちはわかる。それで世の中がよくなれば……でも、そうやって短絡的な決定を下したくなるところに本当の罠が張られているとも思うのだ。

——死神なのか騎士なのか、そいつの役割はなにかということだ——

広目の言葉が脳裏をよぎる。役割……役割って……？

「……どうなのかな、ぼくは『いい怪異』とは思えない……たとえ相手が犯罪者でも、無駄に苦しめて殺しているので……」

言いながら気がついた。そうか、今回は殺し方に快楽があるんだ。殺害方法に罰する側の快楽が見え隠れして、それがこんなに不愉快なんだ。しかも、『自業自得当然でしょ』というエクスキューズがついている。

「だって他人を無駄に苦しめていた人たちよ？　これって因果応報《いんがおうほう》じゃない？　『目には目を、歯には歯を』って、単純明快なことだと思うんだけどな」

「ハンムラビ法典か」

と、広目は言った。

「だが、ハンムラビ法典の主旨は『対等』であって『報復の奨励』ではない。新入りが言うように、ただ殺すのと、いたぶって殺すのとでは悪意が違う。俺もただの処刑人とは思えない。なにか裏があるはずだ」

「そもそも論で恐縮だがね、私は情報に疎いので教えてほしいのだが……聖書に出てくる第四の騎士とは何者なのかね？　ハデスを従え、地の四分の一を支配する……天使か、それとも悪魔かね？」

警視正の問いかけに怜らは沈黙した。

そもそも論で言うのなら、あれが本当に第四の騎士かもわからない。

あ……もしかして……と、唐突に怜は思う。小埜さんだ。

この夏、怜は小埜の墓を訪ねて彼に会い、赤バッジを悪魔の計略から救う手立てはないかと相談した。小埜は答えをくれなかったが、ただ沈黙していたわけじゃない。ヒントだけはくれたのだ。

戦いに勝つ秘訣《ひけつ》は、準備を重んじ、無闇《むやみ》に剣を抜かないことだと。

敵を知り、援軍を整え、逃げ道を確保して勝算を得る。そして初めて剣を抜く。

「……これが兵法」

最後の言葉をつぶやくと、

「え？」

と、神鈴がこちらを振り向く。怜は言った。

「小埜さんは、だから極意さんを捜査本部へ送ったのかも」

「だからって？　なにが『だから』なの？」

小埜さんは彼岸でなにかを見つけてくれたんじゃないだろうか。それで敵に悟られないよう遠回りにヒントを出したんだ。そうなら『敵』は雑魚じゃない。あちら世界を統《す》べる能力を持つモノで……

そのときオフィスのドアが開き、強烈な硫黄の臭いが吹き込んできた。同時にバコン！と大きく空気が揺れて、禁断の扉が呼吸するかのように膨らんだ。

開いたドアの向こうにいたのは、悪魔から人間に戻ろうとしている赤バッジだった。彼は部屋には入ってこずに、なにかを床に放ってよこした。警視正は扉の前で盾となり、

「ドアを閉めろ」

と、怜に言った。

件の扉が膨らんでいく。表面に浮かぶ模様は渦のようだ。この渦が内部へ引きこまれると、向こうのなにかが飛び出してくる。怜は素早くドアへ走った。開閉スイッチを押してドアが閉まるとき、ほぼ人間に戻った赤バッジが言った。

「アマネに土産《みやげ》だ……すまなかったと伝えてくれ」

バン！　とドアが閉じたとき、扉も瘴気を噴き出すのをやめた。

床にはビニール袋に入ったものが残されている。なんだろうと拾い上げ、怜は赤バッジ

の目論見《もくろみ》を知った。

「なんなの？」

と、神鈴が訊いてくる。

「広目さんにお土産だって……」

ビニール袋に入っていたのは人間の眼球だった。刳り貫かれたばかりで、まだ神経線維がくっついている。

「工事現場で殺害された女性のものだと思います。今のところ眼球が残っていたのはその人だけだから」

「司法解剖が終わりそうだと言ってたもんね」

「とんだ土産だな……俺をなんだと思っているのか」

広目は深いため息を吐いた。

「信頼できる仲間です。極意さんは、すまなかったと伝えてくれと」

「……ふん」

広目はデスクに置いているボウルを引き寄せた。神鈴が怜から眼球の袋を受け取ると、それを広目のデスクへ持っていき、ボウルの中にコロンと落とした。

広目のデスクにある品々は、報告書を作るための点字タイプライターと、銀色のボウルがふたつ、ほかに幾本ものペットボトルだ。広目はペットボトルの中身を眼球に注ぎ、付着した血や汚れをきれいに洗った。中身は特殊な液体ではなく真水だという。洗い終わると眼窩に収めた水晶を取り出し、そこに死者の眼球をはめ込んだ。

怜と神鈴は広目の近くに並んで立って、警視正は椅子に座ったまま首だけ回して、ジッと広目を見守っている。

一度瞼《まぶた》を閉じたあと、眼球の向きを調整してから、広目はパッと目を開けた。見慣れた金色の目ではなく瞳を持った広目の顔は、別の誰かのようにも思える。

「工事現場の物置ではない」

右へ、左へ、視線を振って広目は言った。

「おそらく女の部屋だろう。ベルサイユ宮殿も真っ青のキンキラキンだ。こんな部屋にいて疲れないのか？　女というのは」

「どういう女かによると思うわ。私は貧乏臭い部屋で卓袱台《ちゃぶだい》とかが落ち着けて好き」

広目は死んだ女性の最期を見ている。正確には彼女が最期に見たものを。死者の眼球に焼き付いた画《え》は一瞬のものだが、そこには膨大な情報が残されている。

「……蒼い馬が目の前にいる。馬鎧を着けた骸骨の馬だ。馬上に騎士が乗っている。部屋中が霧で霞んでいるが、透けた部分に室内が見える」

「女は椅子にいるのかね」

「視線の低さからしてそうだろう。目を閉じる寸前の末期の映像だからな」

「目を閉じたときが死ぬときね。顎の下にフォークがあるから」

「広目さん」

怜は身を乗り出した。

「ぼくも映像を見たいです。身体に触れても？」

広目は怜に右手を伸ばし、怜はそれをグッとつかんだ。

その瞬間、怜は女の部屋にいた。目の前に馬がいる。背が高く、巨大で歪んだ馬が霧をかき分けるようにして立っている。その背に乗った騎士は天井を突き抜けるほど高さがあるのに、兜は豪華なシャンデリアを通り抜け、干渉するものがないかのようだ。

「……異空間」

と、怜が言うと、

「おそらくは」

と、広目も答えた。

「騎士が現れた時点で部屋が異空間と繋がったんだ。時間も歪んだことだろう。無理矢理フォークに刺されたのではなく、女は睡魔と戦わされた」

「つまり怪異を起こしていたのは因縁物の拷問処刑具じゃなくて、第四の騎士だというわけね？　因縁物は道具に過ぎない」

「主因と道具か……ややスッキリしてきたな」

と、警視正が言う。

「女性は死ぬまでの長い時間に、顎にも身体にも無数の傷を負ったようです。悲鳴を上げることも、喋《しゃべ》ることもできないままに」

「顎のすぐ下にフォークがあるってこと？　口を開ける隙間もないほどに？」

「自分の姿は自分の目には映らない。窓にでも映っていればいいのだが、霧と馬が邪魔して見えない」

「女性の視線も上向きなんです。それは刃物を避けるため。だから騎士の頭部が見える」

一瞬だけの映像を、二人は食い入るように探っていく。騎士が抱えた槍の切っ先は真っ直ぐこちらを向いている。やはり持ち手にユニコーンの首が彫られている。槍の長さと大きさと位置から言って、切っ先は女性の腹を貫通しているのではないかと思う。

「槍が女性に刺さってる」

「そのようだな――」

と、広目も言った。

「――それで動きを封じたのだろう……出会い頭に一突きされて、気づけば拷問処刑具に囚われている……そんなところか」

「ふうむ、なるほど」

警視正の声がした。

「第四の騎士はつまり、展示物を通ってこちらに現れているというわけか？　獲物を捕らえて異空間に引きこむと、ジワジワ殺してこちらに遺棄する。霊界は多層界だからな、そのとき向こうにもっとも近いこちらに死体が現れ、発見された。そういうことかね？」

「たしかに。そういえば、工事現場のコンテナ以外は忌み地だわ」

「もしかすると、コンテナ自体が因縁物なんじゃないでしょうか？」

　怜は言った。

「見た感じすごく古そうだったし……たとえばですけど、移民の人たちが詰め込まれて、亡くなっていた品だとか」

「事故物件的コンテナね、それはあるかも。忌み地ファイルは土地単位だし、呪物《じゅぶつ》のデータも別ファイル。死体が詰まったコンテナとかは、登録されていないと思うわ」

「……ならば今後、対応する必要が出てきた場合は、因縁物と忌み地をチェックすればやりやすいということだな？」

　警視正が処理方法のみを気にしているようで、怜は焦った。

　そんな単純な話ではなく、小埜が独断で今回の怪異に関わった理由を知らないと。答えを導き出さないと、本当に処理だけで終わってしまう。

　握り合う手に力を込めて、一瞬の映像を舐《な》めるように見る。そこにあるのはユニコーンの首だ。そしてそれを操る騎士は兜の隙間に燃える眼《まなこ》を覗かせている。瞳孔《どうこう》が数字の1に

そっくりで、人でも悪霊でも死神でもない悪魔の瞳、赤バッジが悪魔に変じたときと同じ瞳だ。怜は思わず、

「あっ」

と、叫んだ。

「なんだ、脅かすな」

広目が引っ込めようとした手をまた引き寄せて怜は言った。

「わかったぞ！　第四の騎士に扮《ふん》した死神のこと……どこかで知っている気がしていたんです。あれは……」

怜は広目の手を離し、振り返って警視正を見た。

「極意さんに電話しないと」

翌早朝。日曜日にも拘わらずミカヅチ班のオフィスにはメンバー全員が揃っていた。

捜査中で忙しい赤バッジが、その時間なら顔を出せると答えたからだ。

給湯室でお湯が沸き、お茶の準備も整って、三婆ズが残していった赤カブの酢漬けがテーブルに載り、土門が差し入れに買ってきてくれたコンビニのサンドイッチも人数分。警視正が髪を整え終えたころに赤バッジが現れた。

「所轄の新人がついにダウンしやがった。解剖を見たくらいで情けねえ」

ズカズカと部屋に入ってくるなり警視正と土門に一礼をした。

「捜査は怨恨の線で進んでいます。山辺光生も福村和美も、細切《こまぎ》れに切り刻んでも飽き足りないと思うほど怨みを募らせている連中がわんさかいて、被疑者には事欠かない状況です。穴あき事件の真相も、錆びた五寸釘《ごすんくぎ》を凶器にして十数人が一斉に刺し殺したなんて推測まで出ている始末。ミステリー小説も真っ青で、怪異なんか疑う気配はいまのところ皆無です」

「十数人が一斉に……それはまた大胆な発想ですが」

いいですねえ。と、土門が言った。

一同は会議用テーブルに着いていて、怜がお茶を淹れている。

「そうなら我々の出番はないな。ミカヅチとしてはありがたいことだが――」

警視正は急須《きゅうす》を持っている怜に目をやって、

「――別途、安田くんに思うところがあるようだ。聞いてやってくれないか」

赤バッジは怜を振り向いた。淹れ終わったお茶を神鈴が受け取り、みんなに配ってくれたので、怜は急須を置いて赤バッジを見た。

「真理明さんと話をさせてください」

「は?」

と、赤バッジは間の抜けた声を出す。

「真理明となんの関係がある？　事件以外か。デートに誘いたいとか、そういうことか」

「違いますよ」

「違うのか」

それもまた不満そうな顔で言う。

「昨夜、福村和美の眼球を持ってきてくれたじゃないですか」

「おう。それでなにかわかったか？」

「俺と新入りで第四の騎士を見た」

と、広目が答えた。

「犯行現場は『端境《はざかい》』だ。騎士は福村和美の自宅に現れ、そこで彼女を拘束した。だが殺害現場は自宅であって自宅ではない……時空の歪んだ空間だ。だから自宅にもコンテナにも血痕が残されていたのだろう。異空間へ連れていかれて女はおそらく、三日程度は拷問に遭ったと思われる」

「そういうことかよ」

「私たちには無理だけど、広目さんと安田くんは一緒に死ぬ瞬間の映像を見たの。福村和美の自宅って、ベルサイユ宮殿なみにキラキラだった？」

「ベルサイユ宮殿？　あー……」

と、赤バッジは頭を掻いた。

「俺的にメリーゴーランドみたいだな、とは思ったよ――」

言い得て妙だと怜は思う。

「――部屋は白と金と赤とピンクで統一されていた。それを統一と言うのか知らんが、下品で目がくらみそうではあった。人から詐取した金で揃えたものだと知ればなおさらな」

そしてまた怜を振り向く。

「で？　真理明に財産鑑定させようってか？　あいつはお宝の研究員じゃないんだぞ」

「そうじゃなく、訊きたいことがあるんです。すりあわせたいというか」

赤バッジはしばし沈黙していたが、椅子を引いてテーブルに座り、スマホを出して電話をかけた。流暢《りゅうちょう》な英語で話をしてから、

「体調次第だぞ」

と、怜を睨む。

けれど怜は知っている。毎日昼休みに夢を通って彼女と会っているわけだから、真理明の顔色がよくなって、目に見えて笑顔が増えてきたことは赤バッジよりもよく知っているのだ。最初、真理明は生ける屍さながらだった。けれども今は喉に挿管された呼吸器のチューブも外れ、口腔《こうこう》内の糜爛《びらん》も治まってきて、口から水を飲めている。

「真理明か？　兄ちゃんだ」

赤バッジが日本語で言う。妹と話すときの彼をミカヅチ班のみんなが好きだ。会話を聞くと、全部が人間だったころの彼を知った気がする。温かい血が通った男の声だ。

「……そうか。やったな。だが無理はするなよ。うん。それでな、ちょっと頼みが」

通話しながら怜を見つめ、

「ヤスダに頼まれて電話したんだが。ヤツともう少しだけ話せるか？」

そして、

「スピーカーホンにしてもいいか？」

と、訊ねたが、拒否されたようで怜にスマホを突き出してきた。

「もしもし？　安田です」

赤バッジはテーブルに着き、赤カブの酢漬けを引っ張り寄せて食べ出した。

「小宮山の婆さんのだろ？　相変わらずうめえな」

「極意さんのシスコン、治らないわねえ」

サンドイッチも渡しながら神鈴が言うと、赤バッジはカブをジャクジャク嚙みながら、怖い顔で神鈴を睨んだ。

「あ？　シスコン？　誰がシスコンだ。家族を案じてなにが悪い」

「神鈴は悪いとは言っていないぞ。男との会話を兄と共有したくない気持ちくらいは察してやれと言っているのだ」

「なんだよ男との会話って。ヤスダは真理明の男じゃねえぞ」

「ヤキモチ焼いてるの？　か〜わい〜」

神鈴は蓋をパチパチ言わせ、赤バッジは拳を宙に突き上げた。

あっという間に漬物を平らげてサンドイッチのパッケージを剝き、一切れ食べ終えて、自分でお茶のおかわりをしに立ったとき、怜がスマホを返してきた。

お茶でパンを流し込んでから、赤バッジはまたも優しげな声で、

「電話を替わった」

と、真理明に言った。あとは怜を見ながら声を聞き、

「疲れたろ？　ちゃんと休めよ。うん……わかった……また電話する。切るぞ」

通話を終えて残り一切れを口に入れると、怜の首に腕を絡めて引き寄せた。

「警察官にでもなったつもりか？」

牙を剝き出して訊くので、怜は腕から逃れようとジタバタしながら、

「そうじゃないです」

と、やっと答えた。

「痛いところを突かれたからって新入りに絡むな。おまえは捜査一課の精鋭だろう」

広目が言うと、赤バッジは憮然《ぶぜん》とした顔で席に座った。

怜も隣に腰を下ろして、先ずは朝茶を一口飲むと、

「えー……コホン」

と、咳払《せきばら》いをして仲間を見つめた。

「真理明さんのおかげで第四の騎士の正体がわかった……と、思います」

誰も言葉を発しなかったが、視線が熱を帯びている。怜は続けた。

「広目さんと霊視を共有したときに、第四の騎士の兜から覗く目をよく見ました。最初は死神と思ったけれど、あれは神ではなくて人間です。もと人間とでも言えばいいのか」

「どういう意味かね？」

と、警視正が訊く。怜は赤バッジをチラリと見やった。

「人間が死後に命を得たんです」

「悪魔との契約で？　そういうことか」

赤バッジが訊いた。怒るかもしれないと思っていたけど、彼は比較的冷静で、眉間に縦皺を刻んで考えている。

「だから小埜の爺さんは、俺を捜査本部に派遣したのか」

「極意さんだけでなく、ぼくら全員に伝えたいことがあったんじゃないかと思うんです。真理明さんと話をしたのは身元の確認をすりあわせるためです。ぼくは本人を知らないけれど、真理明さんはイギリス留学中に彼の書物を読んで、屋敷のことも、彼の容貌《ようぼう》も知っているから」

赤バッジは首を傾げた。

「本人？　誰だよ」

「アルバート・ダーセニー。イギリス貴族の呪術《じゅじゅつ》コレクターです。アイルランド貴族の血をひく富豪で、他者に悪影響を与える呪物ばかりを好んで集めた。封印された呪物を表に出して犠牲者を生むことで快楽を得ていた。博物館に勤務していたころの真理明さんの恩師が、決して本物を渡してはならないと警告していた人物です」

「……わかった、思い出したわ――」

神鈴は深く頷いて、土門は身を乗り出した。

「――凶悪な呪物を好んで収集していた富豪ね？　日本で黒仏《くろぼとけ》を探してた」

「なるほど、そいつか。コレクションだけでは飽き足らず、実際に人で試していたのか。十九世紀以降に作られたレプリカが人の血を吸っていたのがその証拠……たしかにそいつならばやりかねん」

と、広目が言った。

「彼の屋敷は『呪いの館《やかた》』と呼ばれていて、サバトが行われているという噂もあった。噂が本当だとすれば、もうあれはレプリカではなく立派な本物です」

「じゃ……展示物は彼のコレクション？」

神鈴の言葉に赤バッジは捜査手帳を出して、

「調べてみたら、企画展の主催者は美術館ではなく、外資系の企業だった。扱っているのは食肉だ」

「やだぁ……それってホントに食肉？　サバトとかする人たちがお肉って……」

神鈴が怯えた声で言い、

「よせ。みなまで言うな」

と、広目が叱《しか》った。

「コレクションは個人のもので、持ち主については返答を差し控《さ》《ひか》えるとのことだった。ただし搬入ルートを調べていくと、イギリスから出荷されていたのは間違いない」

「なるほど、協力者が多そうですね。悪魔崇拝者はどこにでもいますから」

と、土門が言った。

「彼らは善人の仮面を被って本性を隠します。魔力で富を得ることで公の姿が光り輝いて見えるため、それとは知らずに崇敬の念を抱いた者らが取り込まれていくわけですね。コリント人への第二の手紙だったでしょうか……聖書にも書かれていたような。驚くには及ばない、サタンも光の天使に偽装するのだから、と」

「カルト的な胡散臭《うさんくさ》さがある企業が生前のダーセニーと繋がっていたとしても不思議じゃねえし、秘密結社があるのかもしれねえし」

「企画展を開催するのも殺人のためか」

「そういうことなんだろうぜ」

「アルバート・ダーセニーがいつ死亡したかは記録にないのよ。でも、警視正が煉獄《れんごく》行きの黒い車に乗せられているのを見たのが」

「将門の首塚で首を落とされたときだから、約二年前だな……その男はあらゆる呪物を動かして大きなうねりを作ろうとしている。我々としてはそういう認識だったはずだが」

警視正は感慨深そうに腕組みをした。

「死んで煉獄へ引いていかれたはずの残忍な野郎が、今は罪人を処刑してるってか……そういうものか？　おかしくねえか？」

独り言のように赤バッジがつぶやく。自分の運命と重ね合わせているのかどうか、その言い方からはわからない。

「煉獄に囚われた男が死神となって現れる……それも刑罰でしょうかねえ」

「罪人を殺すことでもっといい場所に行けるとか、そういう取引なんじゃない？」

「だけどダーセニーは根っから残忍な殺人鬼ですよ。人を苦しめるためなら金に糸目は付けなかったんです。怪しいモノを収集し、サバトを開いて生け贄《いけにえ》を捧《ささ》げ、あの世へ行っても呪物を集め続けていた。そんなヤツが罪人を殺す……それは刑罰じゃない気がします。実際、兜の隙間から覗いた目には後悔や恐怖が欠片もなかった」

「なるほど、なるほど。安田くんの言葉には一理あります……では、まさか、今のような展開も視野に入れ、生前からコレクションをしていたのでしょうかね」

いつもどおりの飄々とした声で土門が訊いた。

「死後のことを考えて、生前からいけない物をコレクション？　死後には仲間が展示会？　え……それを組織的にやってきたってこと？」

「世の不思議を知る者が我々のような異能者ばかりとは限りませんよ。神を信じる者と同様に悪魔を信じる者がいて、彼らにとってそれはオカルトではなく現実ですからね」

ポシェットに手をかけたまま、神鈴はあんぐり口を開け、そのとき扉の模様がグルリと動いた。扉が神鈴の代わりに何か言おうとしているようにも見えたのだが、実際に言葉を発したのは警視正だった。

「普通の者には見えないだけで、あの世とこの世は地続きだ。それをよく知る者ならば、わずか百年足らずの人生などに拘《こだわ》らず、永遠を見据えていたとしてもおかしくはない」

「そんなトンデモ野郎が永遠を手にしていいわけ？　ダメよね、絶対！」

神鈴は蓋をパチンと閉めた。怜は言った。

「アルバート・ダーセニーは生前から徹底的な悪の道を進んで、死後の契約をした可能性がある……たとえば」

「悪魔と」

言いあぐねた言葉を広目が言って、赤バッジは、

「ふう」

と、ため息を吐いた。

何を思ってか神鈴は席を立ち、ノートパソコンを抱えて戻った。会議用テーブルでパソコンを開くと、キーを叩いてこう言った。

「でも警視正。ダーセニー自身は悲惨な……罰が当たったみたいな死に方をしていたはずですよ。あ、ほら出てきた、この男。七十歳くらいの小男で、神経質そうな鷲鼻《わしばな》で、唇が薄くて額が広くて、髪はブラウン。ユニコーンの首を象《かたど》った杖《つえ》を愛用していたのよね」

「それが引っかかっていたんです。第四の騎士が持っていた槍にもユニコーンの首が彫られていました。尖った鼻梁《びりょう》と酷薄そうな目も兜の隙間に覗いてた」

「ダーセニーは自分がコレクションしていた拷問道具で八つ裂きになったのよ。詳しいことが書かれていないのは、遺体が見るも無惨な有様だったから。因果応報を地で行く感じ。これが罰でなかったらなんなの？」

広目がふいに顔を上げ、宙を見つめてこう言った。

「その状況……今回の被害者と同じではないか？」

ミカヅチたちは互いに顔を見合わせた。先に言葉を発したのは怜だ。

「たしかに……被害者も全員拷問死しているといえますね。ダーセニーの手によって拷問処刑具で死んだんだから。苦しみながら、ジワジワと」

「自分と同じ苦しみを味わわせたってことなのかしら」

「その目的は？」

と、警視正が訊く。

「……怨みを増幅させやがったんだ……」

赤バッジがつぶやいた。どういう意味かと一同は赤バッジを見たが、何事か考えているふうで先を言わずに沈黙している。

「宗教的観点から言いますと」

そのとき土門が話し始めた。

「神鈴くんが言う因果応報はカルマです。良くも悪くも自らの行いがやがて自分に返ってくる……人を殺せば殺されて、人を救えば救われる。精神論と思われがちですが、案外言葉どおりの意味でもあります。呪物で人を陥れて楽しんでいたダーセニーはまた、自らも悪霊の目を楽しませ、犠牲者たちの苦しみや痛みを味わいながら地獄へ墜《お》ちた……まあ、そこまではいいとして」

土門はお茶を啜《すす》ってから、

「一般人の目に映るのはそこまでですから、因果応報の第一幕は終了ですね。切りがいい……けれどもそこから先が第二幕。魂の章とでも言いましょうか……地獄に囚われて輪廻転生の輪からはじき出された魂のその後は如何《いか》に」

次第に熱がこもってくる。

赤バッジは椅子にふんぞり返って脚を組み、怜のサンドイッチを引き寄せた。パッケージをバリバリ破いて一切れをつまみ出し、残りを怜に差し出した。

思わずありがとうございますと言いそうになって、（ぼくの分なのに）と気づいたときには、サンドイッチは赤バッジの口に消えていた。そちらは好物の卵サンドで、手元に来たのがレタスサンドだ。土門の講釈を聞きながら、怜は苦手なピクルス入りのレタスサンドをパリパリ嚙んだ。

「さて、ここが問題です。悪人が囚われるのが地獄だとして、地獄の支配者はサタンです。サタンは、神もしくは真理に逆らう者ですね。嘘つきで残忍な破壊者で、血と混沌《こんとん》を好みます。どうですか？」

と、神鈴を見たので、

「アルバート・ダーセニーとそっくりね」

と、神鈴は答えた。

「神鈴くん、そこですよ。サタンとダーセニーはさぞかし気が合うことでしょう」

「なるほど、ダーセニーは株式会社『悪魔』に入社したようなものなのだな」

警視正が感心して言う。

土門はメガネを外してきれいに拭《ふ》くと、またかけ直してから言った。

「企画展に曰《いわ》く付《つ》きの展示品が運ばれたのは意図されてのことでしょう。死ねば魂は肉体という拠り所《よどころ》もなくしますから、代わりになるものが必要になる」

「私も頭蓋骨《とうがいこつ》なしにはこの世に留まっておれないからな。よくわかるよ」

警視正は自分の髑髏が入った巾着袋《きんちゃくぶくろ》をポンポン叩いた。

「となれば、ダーセニーの『依《よ》り代《しろ》』は展示物のどれか。全部かもしれませんがね。彼はそれを拠り所にしてこちらの世界に来ているのです」

「拷問処刑具にくっついてきたのね？」

「呪われた品と呼ばれる物が関わった人間を不幸にするのは、そこに『通路』があるからです。物が祟るわけでなく、物を通って悪霊が出入りしているのです」

「納得の理屈だな――」

と、広目が言った。

「――ちなみにダーセニーだけでなく、殺された者の死霊も来ているようだ。彼らは未《いま》だに苦しみから解放されていない。地獄があるとするなら彼らの状況がそれだろう。罪人ならば苦しめばいい、だが犠牲者が苦しみ続けるのは道理に反する」

神鈴と土門が驚いた顔で広目を見つめ、

「初めてですねえ――」

と、土門が言った。

「――広目くんが他者の痛みに想いを寄せるのは」

広目は少し赤くなり、「フン」と言ってそっぽを向いた。

「さあ、では話をまとめよう」

テーブルに両手を置いて、警視正が背筋を伸ばす。一同を順繰りに見ながら、

「怪異を起こしている者の正体が死んだ呪術コレクター、アルバート・ダーセニーであることはわかった。一方で、捜査本部は怪異と事件の関係には気づいていない。怨恨の線で捜査を進めていくとして、被疑者が多くて収拾がつかず、数年後にはコールドケースになりそうだ。今回の怪異がコレクションとともに来たなら、企画展が終わって展示品が日本を出ていけば、もはや怪異は起こらないということになる」

「企画展は明日までです」

神鈴が言った。

「今夜また事件が起きたとしても標的は悪人だ。自らの業をその身に受けて死ぬというのはある意味自然の摂理でもある。以上を総合的に考えると」

「ミカヅチとしてはスルーでしょうかね」

と、土門が言った。

「あとは広目くんが語った死霊の件だが、死者の救済は我々の仕事に含まれない。むしろ関わりを避けるべき事案だ」

「わかっています」

広目はそう答えたが、どことなく不満げな顔をしている。

警視正は今回の件に関わらない方針のようだ。

悪事に快楽を感じてきた者たちが、死ぬこと以上の苦しみを与えられてジワジワ殺されたとしても、死霊になって苦しみ続けたとしても、因果応報と言われればそうかもしれない。でも、そういう奴らは死後も黙っていないだろう。残忍に殺されることで凶悪犯の魂は鬼になり、自分が味わった以上の痛みと恐怖と絶望を誰かに味わわせようとする。生きた人間に取り憑いて人を殺させ、悪意が悪意を呼んでまた道が開く。永遠に終わらない地獄への道だ……怜はハッと気がついた。

それこそが、悪魔の最終目的なんじゃないだろうか。

——時が来る……そのときが来るぞ……——

頭の中で声がして、扉の模様がグルンと動いた。

怜は椅子を蹴って立ち上がり、警視正の背後にそびえる扉を見つめた。

そうか……そういうことだったのか！　小埜さんが知らせたかったのはこれだ。

「時が来る……向こうでは着々と準備が進んでいるんだ」

「安田くん？」

と、土門が訊いた。

怜は土門と警視正を見つめ、神鈴と広目を見てから言った。

「あれが第四の騎士だったとして、罪人を一人一人殺していたのでは時間がかかりすぎると、そんな話をしたのを覚えていますか？　第四の騎士が与えられた権利は地の四分の一を支配すること、そして人々を殺すことです。その殺戮《さつりく》を『地の獣』とともに実行すると預言書にはある。でも、ダーセニーが狩っているのは自分と同じくらい残忍な犯罪者です。それは罰でも偶然でもない」

そして隣に座る赤バッジの顔を覗き込んだ。

パチ、パチパチ、と手を打つと、

「さすがだなあ、おい」

眉のない顔にギザギザの牙を剝き出して赤バッジは笑った。その視線はテーブルに注がれて、誰のことも見ていない。

「さっきから俺も同じことを考えていた。一般人の『終わり』は突然来るが、異能者にとってはそうじゃねえ。俺たちは敏感に変化を感じ取るからな。第四の騎士は準備中、それは俺もそう思う……ヤツは獣を集めているんだ。そうだな、ヤスダ？」

「そうです。殺害された男性も、女性も、ぼくの呼びかけに応えなかった。普通は……あんな殺され方をしたわけだから、訴えたいことがあるはずなのに、幽霊になって出てこなかった。それは彼らが迷っていないからだったんです」

「どういうこと?」

と、神鈴が訊いた。

「霊的には、すでに生まれ変わっているってことです。彼らは悪霊になったんだ……アルバート・ダーセニーは、地の獣、つまり悪霊の軍隊を集めている。人の四分の一を狩る兵隊です。だからこそ兵隊予備軍は、可能な限り残忍に殺されなければならないんです。怒りや怨みや苦しみを思う存分味わわせ、悪意を増幅させるために。悪霊がその苦しみや怒りを持ったまま野に放たれれば、最強に残忍で容赦のない軍隊になる」

冷たい刃《やいば》で刺されたように仲間たちが言葉を失ったとき、扉が激しい風圧を放って警視正の首が落ち、土門のメガネとサンドイッチの包み紙が吹き飛ばされて、ほかの者らは髪が乱れた。一同は扉の異変に凍《こお》り付《つ》いたが、その後は何事もなく、扉は奇態な模様を浮かべたままで鎮まった。怜はなおも訴える。

「狩らせちゃダメです。狩らせれば兵が厚くなる。二度と死なない残酷な兵士が増えるんです。そしてぼくらを狩りに来る。ダーセニーを止めないと」

「それはわかったけど、どうやるつもり?」

「浄化するんです。殺せないなら道を塞《ふさ》ぐしか方法がない。三婆ズの力を借りましょう」

広目も静かに立ち上がり、

「死霊にも協力させてはどうだ」

と、言った。

「数は力だ。あの場所には百を超える死霊たちがひしめいている。好き好んで道具に憑いているわけではなくて、苦しみから逃れる術を知らんのだ。光の方向へ導いてやると話せば、俺たちに力を貸すかもしれない」

二秒ほど沈黙してから土門が訊いた。

「どうされますか？　警視正殿」

警視正は鼻で嗤った。

「土門くんが『殿』を付けるとき、その魂胆は見え見えだよ」

そしておもむろに立ち上がり、全員に向けてこう言った。

「ミカヅチ班は展示物を浄化する。神鈴くん、すぐ三婆ズを呼んでくれ。土門くんは彼女たちを迎えに行くこと。その間にこちらで計画を立てておく。赤バッジ」

「はっ」

「また昇進から遠ざかるが、今夜はこちらに参加してくれ」

「一晩中歩き回っていたと言っても嘘にはなりません。ベッドで寝ている相棒には文句を言われる筋合いもなし……承知しました」

「もしもし？　リウさん？　神鈴だけど……」

すでに電話している神鈴を横目に、警視正は広目に訊ねた。

「死霊と話ができるかね？」

「では、援軍の交渉は広目くんがやりたまえ。安田くん」

「お任せください」

「はい」

「我が班の霊能力者は二人だけ。広目くんは死霊を担当するから、きみが展示物を調べて浄化の指揮を執ってくれ。現場に入ればダーセニーに力を与えている源がわかるか？」

「やってみます」

「浄化の仕方も想像がつくな？」

「……やります」

「聖水とか十字架とか用意する気か？——」

と、赤バッジが訊いた。

「——あんなもの、効果はねえぞ」

怜は赤バッジを見下ろした。

「極意さん。ぼくは神学者じゃないですけれど、聖水や十字架が効力を持つのは、それを扱う者の信仰心、あと、行為が導く結果の重さによると思っています」

「なるほどな」

赤バッジは悪辣《あくらつ》な顔で笑った。

「おまえに信仰はあるのか?」

怜は薄く唇を噛み、赤バッジに言う。

「ぼくはキリスト教徒じゃないけど、無神論者でもない……一般的な信仰とは違うと言われるかもしれないけれど、祈りや言葉の力を信じる。信仰に偶像は必要ないんです」

「何を言ってるのか、わからねえな」

赤バッジは一瞬だけ両眼を赤く光らせた。

「三婆ズと連絡が取れました!」

神鈴が受話器を置いたとき、警視正は立ち上がり、ミカヅチ班に命令をした。

「救わず祓わず隠蔽をする。我々ミカヅチが怪異と関わるときのスタンスは本質的に変わらんが、今回は怪異を放置することでその後の業務に多大な支障が出ると判断した。よって可及的速やかに怪異の元を絶つ」

「はい」

「今夜、神鈴くんが美術館のセキュリティを解除するのを待って美術館に侵入する。霊能者二名はそれまでに準備を終えろ。赤バッジは停電を起こすのだ。見られず聞かれず気配も残すな」

はい!

と一同が応えたとき、怜は小埜の幽霊がどこかで笑っているような気がした。

其の五　濡れ衣の針

土門がお掃除専用車で三婆ズを迎えに出ていくと、神鈴は美術館周辺に電気を供給している供給地点特定番号と位置を調べた。次にはその周辺の防犯カメラ映像を次々に確認してから言った。

「路上で飲酒しているバカどもがいるわ。まだ警察は来ていないけど、上手い具合にこの連中、バイクや車を道路に違法駐車しているの。乗って帰るつもりなのね」

「車はなんだ」

赤バッジが訊いた。

「お高そうなスポーツカーよ。新車じゃないけど」

「馬力があるなら中古でかまわん」

「改造車だわ」

「おあつらえ向きだな」

先に行ってるぞ、と赤バッジが言ったとき、怜は警視正の髑髏が入った巾着袋をリュックに入れて背負いながら、

「極意さん、誰も殺しちゃダメですよ！」

と、叫んだ。赤バッジは、

「ふふん」

と鼻で嗤いながら、

「わかってるよ」

片手を上げて出ていこうとしてオフィスのドアを開いた。すると、そこに見知らぬ女性警察官が立っていた。赤バッジは振り返り、

「留守番が来たぞ」

そう言ってすぐ消えた。

若い女性警察官はガッチガチに緊張している。怜の隣に警視正が立っているのを見たからだ。おずおず部屋に入ってくると真っ直ぐ警視正の前へ行き、敬礼して言った。

「警察庁科学警察研究所、犯罪行動科学部の美崎《みさき》わかなです！　今夜はこちらでお手伝いするよう部長に言われて参りました」

怜は神鈴と視線を交わした。彼女には警視正が見えているのだ。

「ご苦労」

と、重々しく警視正は言った。

「あの……それで……私は何をお手伝いすればいいのでしょうか」

美崎わかなは風貌《ふうぼう》が幼《おさな》く、二十歳前後にも見える。小柄で丸顔、ガッチリとした体格で

髪は短髪、化粧っ気がなくて体育の先生といった印象だ。

「見えるかね？」

警視正は自分のデスクの後ろにそびえる扉を指した。

「あの落書きを消すんでしょうか」

怪訝そうな顔で美崎は訊ねる。

神鈴は怜に頷くと、そっとポシェットを開いて虫を出した。それは一筋の黒い煙のようになって美崎に向かい、すぐさま頭の中へと吸い込まれていった。

「そうではない。きみにはしばらくの間、ここで扉の番をしてほしい」

「扉の番とは？　具体的に何をすればいいのでしょうか」

「ただ見ていてくれればいいの。変化を感じたらすぐに連絡してちょうだい」

美崎は神鈴を見て訊いた。

「変化があるんですか？」

「普通はないわ」

「あの中に警察庁の最重要機密が保管されているのでね。何かあっては困るのだが、この部屋が無人になるのもよろしくないのだ。言っておくが、扉はセキュリティ強固で万が一にも人が触れれば感電死する。だから決して近づいたり、触ったりしないようにしてくれたまえ。我々は任務で数時間留守にするから、誰かが不用意に近づかないよう、ここで見ていてほしいのだ」

「……わかりました」

「ときに美崎くんは『見える』人かね？」

警視正の問いに美崎は複雑な表情を作って、

「それはどういう……」

と、訊く。

「そのままの意味だ。見えるのか？」

奥の暗がりから広目が問うと、彼女は初めてそちらに顔を向けてハッとした。細長い広目を幽霊とでも思ったのだろう。警視正に視線を戻して「はい」と答える。

「母方が神社の社家で、父方がお寺の系統なんです。家族は全員そういうタイプで」

「よろしい」

と、警視正は頷いた。

それでも警視正が死者であると見抜けないのは当初の怜と同様だ。資質はあるが磨《みが》かれていないということだろう。

「美崎さん、何かあった場合の連絡は私にお願い。これが番号ね」

神鈴は彼女にメモを渡すと、

「奥に給湯室があるから、お茶やお菓子は勝手に食べてもらっていいわ。冷蔵庫はたいしたものが入ってないけど自由に使って。トイレはその奥、シャワー室もあるけど任務優先でお願いね。あと、それぞれのデスクに置かれた物には一切手を触れないで……大丈夫よ、この部屋は幽霊とか出ないから」

幽霊の数百倍も恐ろしい扉については説明を避けた。

「それでは留守番をよろしく頼むよ」

警視正が身を翻したので、それを機に怜らが部屋を出ようとすると、美崎が、

「あの……」

と、呼び止めた。

「もしかして……みなさんも……見える人たちなんですか？」

「やだ、そんなわけないじゃない」

神鈴が笑顔で一蹴《いっしゅう》し、ドアを開けて警視正を先に行かせた。怜と広目がその後に続き、全員が部屋を出る前に、

「行ってくるわね」

と、ドアを閉じる。暗くて長い廊下に出ると、広目は神鈴を見下ろして言った。

「嘘つきめ」

「だれが」

と、神鈴がすぐに訊く。

「この部屋は幽霊とか出ないから……警視正の前でよくも言ったものだな」

「それを教えるのって意地悪じゃない？　これから独りで留守番するのに」

彼女はきっと警視正が死んでいることに気がついてもいないんだ。

ふと心配になって怜は訊ねた。

「部外者をミカヅチの部屋に入れてよかったんですか？」

長い廊下を進みながら、警視正は首をぐるりと回転させて振り向いた。

「心配するな。あれはミカヅチ予備軍だ」

「スカウトされてミカヅチに来るのは広目さんや安田くんみたいなエリートだけで、私も最初は扉番から始まったのよ。そのときの上司は幽霊じゃなかったから、何をさせられているのかサッパリわからなかったわ。扉だけは超絶怖かったけど、それを言っちゃマズい気がして黙っていたの……みんな異能者だなんて知らなかったし」

「能力だけではつとまらない仕事だからな。適性を見極めるための準備期間も必要なのだよ。そして徐々に慣らしていくのだ。これは土門くんの言葉だがね」

「危険な仕事だから常に代替要員が用意されているわけだ。全員が幽霊になってしまえば稼働もできない」

広目はサラリと言ったけれども、怜は改めて背筋が伸びた。自分も警視正が死んだことでミカヅチに招かれた一人だというのに、異能者に囲まれていることが心地よすぎて、いつの間にか緊張感を失っていたなと思う。あの人も……と、暗い廊下を振り返る。きっと孤独に生きてきたんだ。普通の人には見えないモノを見るせいで。

「あの子が来るとしたら私の後よ」

怜の考えを見透かしたように神鈴が言った。廊下の突き当たりで荷物用エレベーターの蛇腹扉をガラガラ開けて全員を乗せると、蛇腹を閉じて昇降ボタンを押す。

「縁起でもないこと言わないでくださいよ」

「忘れるな、我々は縁起でもない仕事をしている。覚悟は常に必要だ」

静かな声で広目が言った。そして神鈴に、

「さっき彼女になんの虫を憑けたんだ？」

と訊いた。

「静観の虫よ。初めてのときは私も好奇心モリモリで、いろいろ調べちゃったから」

「初めてとかは関係なく、神鈴の性格によるものだろう」

「失礼ね」

警視正は沈黙している。

その髑髏が怜のリュックの中にある。神鈴は『それぞれのデスクに置かれた物には手を触れないで』と言ったけれども、もしも巾着袋が警視正のデスクに残されていて、彼女がそれを開けたなら、どうなっていたかなと考える。

重要な使命を帯びた特殊部隊ミカヅチのことを、怜は今まで深く考えたことがない。所轄ごとに置かれた連絡員。異能者が集まるミカヅチのオフィス。ＯＢの死者。自分の下に入るかもしれない美崎を見たことで、怜は初めてミカヅチを組織として意識した。扉を守る人たちは、いったいどれほどいるのだろうか。

ガチャンと大きく揺れて荷物用エレベーターが止まる。怜たちは警視庁本部を出ると、飲みに出かける若者の体《てい》でタクシーを拾った。

赤バッジは怜たちより一足早く現場に着いた。

神鈴に言われた場所へ来てみると、三十前後の男らが数人、駐禁の車道に車を停《と》めて、植え込みの前で酒を飲みながら騒いでいた。その大声は遠くまで聞こえ、歩行者らは彼らを避けて反対側の歩道へ移動していく。タバコを吸い、ゴミを放り投げ、通行人に罵声《ばせい》を浴びせて、ふざけて植え込みに倒れ込み、食べ物の包みに火を点《つ》けて空へ放った。下品な声で笑い、頭上で手を叩きながら踊っている。

「いいねえ」

と、赤バッジは低く嗤った。

「怖いものなしの人生を送ってやがるな。いいことだ……」

赤バッジは頭上高く腕を振り上げ、それを身体の前へと振り下ろす。しばらく両手を見つめていると硫黄の臭いが漏れ出して、十本の指に真っ黒な爪《つめ》が生《は》えてきた。全身に力が漲《みなぎ》る。最近はこの瞬間が快感だ。赤バッジは熱い吐息を煙のように吐き出した。

神鈴が調べた供給地点特定番号は美術館に電気を供給する設備を示す。その供給源が不《ふ》埒《らち》な酔っ払い連中から数十メートルの位置にある。赤バッジはツカツカと車道を歩いて、先ずは彼らの高級外車に近寄った。

思った通り、ロックもしていなければスマートキーも置きっぱなしだ。イキった輩は危機管理能力が欠如してるって本当だな。

酔っ払いどもが赤バッジに気づいた。

初めは静観していたものの、赤バッジが車に触れると大声で、

「おい！」

と、叫んだ。

「おい、何やってんだ、車に触るな」

「ボコすぞテメエ」

飲んでいた酒の缶を地面に叩きつけ、輩どもが走ってくる。赤バッジは彼らを振り返ってニタリと笑った。暗闇で、その目は赤く光って見えたことだろう。

「……え」

男たちが足を止めて驚愕《きょうがく》の表情を見せた瞬間、赤バッジは運転席に乗り込むと、轟音《ごうおん》を立てる車のエンジンをかけた。

「おい！」

「おい！」

「ちょっと待て、おい！」

男たちは車の前に立ち塞がったが、赤バッジがバックしてから急発進すると、脚がもつれて道路上に転がった。よほど飲んでいたらしい。車の前に停めてあったバイクを次々になぎ倒し、赤バッジはアクセルを踏み込んだ。地下埋設された電気ケーブルを切るにはマンホール内に侵入すればいいのだが、これはついでの教育的指導だ。ブレーキもハンドル操作もないままに、外車は真正面から中央分離帯の端部ブロックに突っ込んでいく。

車は凄まじい音を立てて大破した。ボンネットがめくれ上がって車体は凹《へこ》み、エンジンから炎が上がる。赤バッジは車を素早く抜け出すと、マンホール内に移動した。天井にあたる道路面が熱を帯び、コンクリートがミリミリと悲鳴を上げている。ガソリンの燃焼は凄まじいから、ケーブルに異常が起きても不思議ではない。彼は悪魔を発動し、力任せに電源ケーブルを引き千切った。数秒後、周辺の明かりが一斉に消えた。

「うわあ！」

「ぎゃー！」

パニックになった輩の声を聞きながら、赤バッジはマンホールを抜け出して、天空へ跳ねた。悲鳴は車を案じるもので、誰かが死んだわけじゃない。酔っ払いどもは何が起きたかわからずに、今見たものすら信じられずにいるようだ。降ってくる火の粉を払いながら、

「飲み過ぎだ、ボケ」

と、赤バッジは甘いテノールで吐き捨てた。

抗《あらが》いきれず悪魔になるなら、手始めにああいう輩を殺《や》るのはどうだ？

こうして悪魔を発動すると、どうしようもなく血が欲しくなる。最初はそれに怯えたが、今では恐怖を感じない。悲鳴、痛み、嘆きに絶望、そういうものに渇望を覚え、耐えるのが苦しい。いっそ欲望に身を任せたら、どんなに楽かと思ってしまう。

はあー……はあー……自分の呼吸は獣のようだ。吐く息は硫黄の臭いがする。

一線を越えずに耐えているのは、この世に真理明がいるからだ。でも、それも、どこまで持《も》ち堪《こた》えられるかわからない。だからああした輩なら……いっそ、今。

街路樹の上で、爪と牙を剝き出して、大騒ぎする連中を見下ろしたとき、赤バッジの胸でスマホが震えた。取り出そうとしたが爪が邪魔になって上手くいかなかったので、地面に下りてうずくまり、静かに呼吸を整えた。着信音は鳴りやまず、ようやく応答ボタンをタップすると、

——お兄ちゃん？——

思いがけず真理明の声がした。赤バッジは人間に戻った。

——お兄ちゃん……私、思い出したの——

世界一明るいと言われる東京の夜が、停電地帯の向こうで輝いている。闇に火柱が赤く燃え、黒煙が空へ伸びていく。大騒ぎする輩の声を聞きながら、赤バッジは美術館へと歩き出す。真理明の声には今まで感じたことのない活力があった。

赤バッジの頰を涙が流れる。

「……なんだ？」

と、赤バッジはようやく訊いた。よかった……声も人間に戻ったぞ。

——アルバート・ダーセニーのこと、私、ずっと考えていて……思い出したの。その人が書いた本を読んだとき、違和感があったのよ。役に立つかわからないけど……——

安田さんに伝えて。と、真理明は言った。

俺でなく、ヤスダにか。

赤バッジは苦笑して、一抹の寂《さび》しさを感じた。

上野恩賜公園周辺で一斉に明かりが消えたとき、土門は近くに車を停めて三婆ズを降ろしていた。

「あらぁ、まんまと停電が起きたわねえ。さすがは京介ちゃん」

土門の腕につかまって車を降りながら、リウさんが言う。

「首尾は上々のようですねえ」

と、遠くで燃える炎を見上げて土門も言った。

「あれだろ？　無礼な輩の二、三人も、一緒に殺っちまったんだろう」

後部ハッチを開けて小宮山さんが訊く。積み込んだ部材の中から清掃業者の上着をつかんで羽織り、腰に工具ポーチを装着した。

「物騒《ぶっそう》なことを言われては困ります。我々は警察官ですからね、簡単に人を殺したりはしませんよ」

「どうだかなあ、わかんねえぞ」

「そうだよねえ」

小宮山さんと千さんは「がはは」と笑った。

「なんでもいいけど急ぎましょ。寝不足はお肌に悪いのよ」

「ホストクラブはいいのかい？　深夜過ぎまで遊んでるのはさ？」

「あれはいいのよ、ホルモンの補給ですもの」

「さあさあ」

と、土門は婆さんたちを促した。

「間もなくパトカーや救急車が来ることでしょう。あちらに人が集まっているうちに、現場のお掃除をお願いしますよ。神鈴くんが美術館のサブバッテリーをオフにしています。そうなると現場に明かりはありませんから、躓《つまず》かないよう気をつけて。今夜は入りやすいように非常口を開けますからね」

「あらぁ～、京介ちゃんに抱かれて屋上へジャンプするんじゃなかったの？　わたくしはそれを楽しみに来たっていうのに、なんだかやる気が削《そ》がれたわ」

「ジャンプするときは人間じゃねえんだよ？　バケモノの筋肉でも興奮するって言うんなら、おれは赤バッジよりリウさんが怖えわ」

「ほんとほんと」

金属ブラシに錆取り剤、電動グラインダーの替え刃に雑巾《ぞうきん》その他を次々に腰袋へ詰め込むと、千さんはヘッドライトを装着した。リウさんは二人の装備をチェックし終えると、自分も工具袋を腰に巻き、ヘッドライトを装着してから荷台のリュックを引き寄せて、光が漏れないようにペンライトで中を照らした。

「何を持ってきたんですか？」

と、土門が訊いた。

「死霊がたくさんいるって聞いたから、痛み止めと包帯と、あとはお水と食べ物とお花とね、そしてやっぱりお線香、お酒も少しだけ持ってきたのよ。長い間苦しい目に遭って、ホントにご苦労さんですものねえ」

「死んで楽になる気でいたのが、死ぬこともできねえんじゃ地獄だからな」

「早く終わりにしてやらないとね。さ、土門さん、お掃除に行こう」

土門は静かにハッチを閉めると、停電に遭遇した一般通行人のようにスマホのライトで道を照らした。

「転ばないようにしてくださいよ」

「おれらをババアと思っているな」

「ババアじゃないのさ」

「そんなことないわよ。失礼ねえ」

そう言いながら躓きそうになるので、土門はリウさんの手を引いた。リウさんの手には小宮山さんが、そして千さんが繫がって、一同はゾロゾロと公園の敷地《しきち》へ入っていく。

時刻は深夜零時をまわり、遠くに街の明かりが粉を撒《ま》いたように瞬《またた》いている。そうした光を黒々と切り取っているのが停電した一帯で、ポッカリ空いた黒い穴さながらだ。

今夜は曇り空であったが、雲が速い速度で流れ始めて、隙間にときおり月が照る。明日は満月になろうという月は、今にも雲間を転げ落ちそうだ。

「ほら、見て、月よ。きれいだわあ」

「あらほんと」

「芋満月を喰いたくなるな」

「また小宮山さんったら、食べ物の話ばっかり……ロマンはないの？　ロマンは」

「マロンならあるよ、煮たヤツが。今度持ってきてやるかい？」

「いいわねえ」

バケモノと対峙《たいじ》しようというときに、三婆ズは月を見てきれいだと話し合う。土門はそれに苦笑した。人間とは、いったいなんなのでしょうかねえ。

リウさんの骨張った手は細すぎて、支えているのも怖いくらいだ。転べば骨が折れそうな。それでも土門は三婆ズに、常に一目置いている。力ではない。知識でも、技術に感服しているからでもない。ときに異能者でもない三婆ズが誰よりも逞《たくま》しく感じられるからだ。そのときに……と、土門は思う。

土門は陰陽師土御門《つちみかど》家の末裔《まつえい》だ。天空の星を読み、物事の流れを見極めて、行動に最適な時を知る学者だ。夜空に目を向けて忍び寄るしるしを確認すると、三婆ズを振り返り、

「気をつけてくださいよ」

と、また言った。

「わかってるってば、しつこい男は嫌われるって知らねえの？」

暗がりで婆さんたちの声だけが笑う。

頼みますよ、と、土門は心で言った。そのときもどうかお願いしますよ。私が知る限り、あなたたちは最も有能なお掃除業者ですからね。元気でないと困ります。

「あら。そろそろじゃなぁい？　広目ちゃんのシャンプーの香りがするもの」

「好いた男の匂《にお》いはすぐわかるってか」

小宮山さんが「けっけ」と笑う。

行く手の森の隙間には、灰色の夜空を切り取る四角い建物のシルエットがある。国立西洋美術館は目の前だ。

「建物内部へ入ったら、今夜の指揮官は安田くんです。彼の指示に従ってお掃除をお願いしますよ。芋満月は後で購入して届けますから」

「おや驚いた。ドラヤキ坊ちゃんも偉くなったもんだね」

「どうせくれるなら芋羊羹《いもようかん》にしてくれねえ？　芋満月はコンビニでも買えるからさ」

「わたくしはきんつばが好きなのよぅ。浅草満願堂《あさくさまんがんどう》のがいいわ」

「あたしは贅沢《ぜいたく》言わないよ。お菓子はなんでも好きだから」

建物に近づくにつれ、三婆ズは言葉少なになっていく。だがやがて、暗さに目も慣れてきたころ、リウさんがポツリと訊いた。

「ねえ土門さん？　今回のお掃除相手は悪魔か死神だっていうのは本当？」

土門は一瞬間を置いてから、

「そのようですねえ――」

と、正直に答えた。

「――さすがの三婆ズも怖くて腰が引けますか？　十パーセントまでなら危険手当を上乗せしてもいいですよ」

「言われなくてもそうしてもらうつもりだったわ」

土門は足を止めて婆さんたちを振り向いた。暗がりで小宮山さんが笑っている。

「大丈夫だって、おれらだけで先に逝《い》くなんて気はねえからさ」

「そうだよねえ。土門さんが一緒でないと」

「わたくしはファンが泣くから遅くなるわよ、だから先に逝ってよさげなお店を探しておいてちょうだい。三途《さんず》の川《かわ》商店街で会いましょ」

「商店街にホストクラブなんかあるかい？　あってもホストは牛頭馬頭《ごずめず》とかだな」

「さすがに牛と馬はちょっと……」

藪《やぶ》の影と木立の影が見分けられるようになってきた。土門はスマホのライトを消して、

「そろそろですよ」

と、三婆ズを黙らせた。暗闇に警視正の姿がボウッと浮かび上がっていたからだ。

（お疲れ様です）

そばまで行ってヒソヒソ言うと、警視正は頷いた。

脇に怜と広目がしゃがんでいたので、三婆ズも素早く植栽の陰にしゃがんだ。暗闇は都合がいいが、部外者が近くにいても見えないので、用心に越したことはない。

（首尾はいかがでしょうかねえ？）

警視正の声は一般人には聞こえない。だから彼は相変わらずの調子で答えた。

「間もなくだろう。今夜は非常灯も点かないぞ。内部は真っ暗闇になる」

（真っ暗だってさ）

と、小宮山さんの声がした。

（……シー……）

「中に入ったら普通に会話してもらってかまわない。防犯カメラもないからな。非常電源を切ると管理会社に通報が入り、人がやってくると思うが」

（そちらは私が足止めしましょう）

と、土門が言った。怜の胸でスマホが光り、確認して怜は警視正に告げる。

（セキュリティが解除されました）

「では行くか」

警視正の言葉で怜と広目は三婆ズとともに立ち上がり、森を出て建物の裏手に回った。

そこに神鈴と赤バッジが立って、腕を振り回して招いている。街灯などは消えたままだが、雲間から月が覗くと影をひくほど明るくなる。防犯カメラは切られているが、彼らはそそくさと物陰《ものかげ》に移動した。

非常口のドアはもう開いている。力任せに赤バッジが開けたのだ。全員が建物内部に入ると赤バッジがまたドアを閉め、土門は外からそれを見守った。


静まり返った周辺とは裏腹に、大破した車のほうで爆発音がまた上がる。炎は空を染めて燃え上がり、黒い煙を映し出す。サイレンの音が近づいてくる。

（また派手にやりましたねえ）

土門はつぶやいて、近くのベンチへ移動した。

緊急車両のサイレンがうなりを上げて、警察官が警告している。通りに光る車のライトが渋滞を示し、それがこちらに向いたときだけ植栽や樹木が照らし出される。天空にあるのは丸い月、周囲を雲が虹色《にじいろ》に流れて、一幅の絵を見るようだ。

土門はベンチに腰掛けて、渋滞に足止めされつつもこちらへ向かう管理者を待った。

怜と赤バッジが言っていたように悪霊が兵隊を集め始めたというのなら、やはりそのときは近いのだろう。

（まあ……広目天《こうもくてん》が生まれているわけですしねえ……）

土門は上着の内ポケットをまさぐって、折りたたまれた紙を取り出した。それをしばらく眺めていてから、今度は外ポケットに手を入れて、小さなハサミも取り出した。

朧な明かりの下でたたんだ紙にハサミを入れて、器用にヒトガタを切り抜いていく。切り終えると小さく呪文を唱え、フッと息を吹きかけて宙に放った。

柄《がら》の悪いチンピラ風の若者が数人、土門の前に現れた。

今どきの若者に比べてどことなく昭和風なのは、式神を操る陰陽師の認識によるものだ。一人はキャップを斜めに被ったダボダボのジーンズ姿で、一人は季節外れのアロハシャツに金鎖、別の一人はチョビ髭《ひげ》に黒くて細いサングラス、柄の入ったシャツに刺繡《ししゅう》が入ったスタジャン、ボンタンズボンにリーゼントは言うに及ばず、仮装大会の出演者のようにも見える。土門はベンチに腰掛けたまま、ナウい式神に向かって言った。

（事故現場にあなたたちと似たようなチンピラが集まっています。警察車両から引き離してから、騒ぎを起こして車の通行を邪魔してください。美術館のセキュリティ管理者が到着するのを遅らせるためです。もしもマズくなった場合は火に飛び込んで燃えるんですよ？　そうすれば騒ぎはさらに大きくなります。とにかく、ここへ人を近づけないこと。後がいろいろと面倒ですから）

宙に向かって九字を切ると、肩を怒らせて、ガニ股で、紙のチンピラどもが立ち去っていく。暗がりでそれを見送りながら、やれやれと土門はため息を吐いた。

頭には、ミカヅチに配属されたころの自分の姿が浮かんでいた。

——この世で最も危険な仕事だ。きみたちの命さえ、もはやきみたち個人のものではないのだ。秘密裏に、迅速に、そして冷酷に任務に当たれ――

最初の指揮官はそう言った。

（仲間を愛せば迷いが生じる。なんなら嫌うくらいのほうが駒運《こま》びはしやすいと、口が酸っぱくなるほど言われてきたものですが……）

土門はシルエットだけの美術館を見上げた。

（ミカヅチに安田くんがきたことで、そんなセオリーは木っ端微塵《こっぱみじん》に消え去りました。……さて……どうされますかね、警視正？）

その警視正は建物の中だ。堅物だった彼でさえ、今では嬉々《きき》として現場に臨場するし、連絡員の小埜はスタンドプレーを選択した。よもやミカヅチがこうなろうとは。

土門は背中を丸めて独りベンチに座り、リウさんと繋いだ手のひらを月明かりに照らして眺めた。彼女の気配がまだそこにある。警視正や小埜に限らず、自分までもが外部業者の彼女らに手を差し伸《の》べることがあろうとは。

それも流れというのであれば、乗って流れてみるほかはない。

恐ろしいのは死ではなく、万物の流れに逆らうことだ。

「因果ですねえ」

凍った息を吐きながら、土門は雲間の月を探した。三婆ズが感嘆していたように、虹色の雲からときおり姿を現す月は、白々として美しかった。

怜は初めて美術館の内部に立った。

非常口から侵入したので、しばらくは何もない廊下を進む。禍々《まがまが》しい気配が空間を侵して、息をすれば瘴気を吸い込みそうだった。

「臭《くせ》えなーっ、なんでこんなに臭えんだか」

小宮山さんが遠慮なしに言う。

「死臭に腐敗臭を混ぜて汚物で割ったみたいな臭いよねぇ。さすがのわたくしも初めて嗅ぐわ。鼻が曲がりそうって、こういうことを言うのね――」

口元をハンカチで覆って、リウさんは顔をしかめた。

「――こんな臭いを吸い込むと、きっと胃が荒れちゃうわ」

一行は闇に目が利く広目を先頭に、三婆ズ、神鈴、警視正と怜と赤バッジが一列になっている。バックヤードは通路が狭すぎて、最大でも二列程度の幅しかないのだ。

なんの音も聞こえない。さっきまで遠くで鳴っていたサイレンも、風が梢を揺らす音も、時計の秒針も、様々な機器の音さえも。ただ仲間たちの足音と、三婆ズが下げた工具ポーチの鳴る音がときおり聞こえてくるだけだ。だからこそ恐ろしい。何かが息をひそめてこちらを窺っている気配を感じる。天井の隅、壁の奥、身体の外の暗闇にそれが潜んでいるようで、より狭い空間に身を置きたくなっていく。

展示ブースに出る直前で、広目は足を止めて振り返った。

「この先がロビーになる。広いが片側にガラスの入口がある。外には人がいるかもしれない。天窓から月明かりが入り込むから、万が一にもガラスに映り込まないよう気をつけてほしい。企画展の展示室はロビーの先で、その室内には窓がない。そこまで行けばヘッドライトを点けてかまわない。ただし、外に明かりが漏れないようドアを閉めてからにしてくれ。あと、内部は死霊がウヨウヨしている——」

そしてリウさんに目を向けた。

「——おぞましい姿に驚くだろうが、向こうも怯えているので悪さはしない。忘れないでほしいのは、彼らをそんな姿にしたヤツはほかにいるということだ。醜《みにく》いのも、汚いのも、おぞましいのも彼ら自身のせいでは決してない……そこを理解してやってくれ」

リウさんはピンクの唇を両手で覆い、

「そうよね、わかったわ……でもまさか広目ちゃんから、そんな優しい言葉を聞くなんて思ってもみなかった。わたくしはちょっと感動したわ」

目をウルウルさせて頷いた。

「わたくしたちもね、死霊の皆さんを労《ねぎら》いたくて、相談して持ってきた物があるのよ」

「だが、現場には痕跡を残さんでくれよ」

冷静な声で警視正が言う。

「大丈夫だって折原さん、お掃除ババアに任せておきなよ」

「では」

と、広目はもう一度言った。

「展示室に入ったら、俺は死霊と交渉をする。解放しに来たと伝えて静かにさせる。その隙に新入りが展示物を調べ、三婆ズは浄化のために掃除をする。首尾よく仕事が進めばいいが、襲撃される可能性もある。相手は展示物の持ち主だったアルバート・ダーセニーで、死んで悪霊になっている。残忍で狡猾《こうかつ》な男で、蒼い馬に乗って現れる。ユニコーンの飾りが付いた槍を持ち、それで突かれると、あいつの世界に連れていかれる」

「そうなったらおしまいだからな」

と、警視正が言った。

「ヤツの気が済むまで拷問されて、死んだら死霊の仲間入りだ。くれぐれも刺されないよう気をつけてくれよ」

さすがの三婆ズもなにも言わない。

広目がさらに説明をする。

「そいつは展示品のどれかを通ってこちらへ来ている。新入りがそれを探してなんとかするから、三婆ズは展示物を浄化してほしい。道具に死者の肉や血が付いていて、彼らはそれに囚われているんだ」

「あ、そうか、わかったぞ」

と、小宮山さんが言った。

「それはあれだろ？　痛い話を聞くとゾゴゾゴしてくるヤツだろう？　実際にやるより聞いてるほうが痛《いて》えんだ。死んだ人はさ、そこに囚われているんだな」

怜にはイマイチ理屈がわからなかったが、千さんは大きく頷いた。

「要するにピッカピッカにすればいいってことね」

「貴重な文化財を磨いていいのかしらねえ」

「別に文化財じゃないし、変態コレクターが悪意で集めて悪意で展示しているだけだから、遠慮なくやってかまわないわよ。数が多いから私も手伝うし」

「では、ここまでいいかね？　質問があれば広目くんが答えるが」

警視正がそう訊いたので、列の後ろで怜は手を挙げた。

この前は見逃してくれたとしても、ミカヅチが邪魔をするとわかればダーセニーは襲ってくるだろう。そのときはなにがなんでも神鈴と三婆ズを守らねばならない。

「第四の騎士が現れるときは兆候として霧が発生します。室内でもそれは同じですから、霧が出たら身体を伏せて、決して顔を上げないでください。彼が持っている槍はたぶん、正面からしか刺せないんです。ここで遭遇したときも、馬が後ろ脚で立ち上がって正面に来ました。死んだ女性のときも同様でした」

次いで赤バッジが言う。

「穴あき男の死体も腹にどでかい穴があった。一般人には見えない穴だ。あの槍はデカくて重くて機動力がない。突くか叩くかしかできないが、あちらに人を連れていくためにはどてっ腹を刺し貫いて運ぶか、刺して持ち上げて馬上に落とすしかないと思う」

「串刺しにして連れていくのね。幽霊の怪力って怖いわねぇ」

「俺は協力してもらうよう死霊と話すが、如何《いかん》せん奴らは肉体がないから、どれほどのことができるか不明だ。重なり合ってきみたちの姿を隠す程度のことしかできないかもしれない」

と、千さんが訊く。

「槍男《やりおとこ》は今夜も現れる予定かい?」

「来ると思うわ。明日が企画展の最終日だし、まだ三人しか殺してないから」

「ダーセニーばりの悪人が三人もいれば十分と思うが」

「いえ、やっぱり今夜も現れるでしょう。ぼくらに邪魔をさせたくないはずだから」

「そのときは俺がいる」

と、赤バッジが言った。

「ダセぇかなにか知らねぇが、俺にはまだ肉体がある。空気みたいな幽霊野郎に負ける気はしねぇ」

「身体があるから危険じゃないの、バカね」

神鈴が振り返って赤バッジを叱った。

「極意さんの一番の敵はそういう驕《おご》りよ。頼むから自分を大切にしてちょうだい。極意さんを心配してるの、真理明さんだけじゃないんだからね。まったくもうっ」

激しくポシェットの蓋を鳴らすのを見て、三婆ズが「ほー」と笑った。

「いいか？　では、参るぞ」

バックヤードの切れ目の壁に指をかけ、広目はロビーに躍り出た。

入口ドアから遠い壁を選んで進み、やがて企画展の部屋に着く。両開きの重いドアに手をかけたとき、反対側には赤バッジが立って、二人同時に扉を開けた。

むおっと凄まじい臭気が噴き出す。

「え、ゲホッ、ゴホ！」

神鈴は噎《む》せたが、三婆ズはすでに防毒マスクばりのマスクを着けてすましていた。噎せたのは怜も同じで、あまりの臭いに涙が出てきた。平気なのは警視正と広目と赤バッジだけだ。

「リウさん……マスク……もうないの？」

神鈴が訊くと、リウさんは腰に巻いた工具ポーチに手を突っ込んでマスクを二枚取り出した。内側にメンソールを噴射してから渡してくれる。

装着するとミントの香りに救われた。

「ドラヤキ坊ちゃん、これって実際の臭いじゃないのよ？　気のせいよ」

「わかってますけど……能力があると、こういうときに辛いですよね」

子供のころから幾度となく辛い思いをさせられてきたのは、まさにこういうときだった。人にわからない臭いを感じる。人に聞こえない声を聞く。人の知らない痛みを感じる。障《さわ》りを持つ場所で過去の事象を身体に感じる。他者の怒りや悲しみに心を支配され、誰の感情かわからなくなる。そしてこう思われるのだ。あいつはなんだかおかしなヤツだ、薄気味悪い、嘘つきだ、頭がおかしい、関わりたくない。

異能ゆえの苦しみは誰にもわかってもらえない。自分は他人と違う世界に住んでいるんだ。生まれてきたのが悪かったんだと。

怜は顔を上げて背筋を伸ばした。

でも、今はもう違う。背中のリュックに警視正の頭蓋骨。こんな異常なシチュエーションで仕事をする日が来るなんて、考えてみたこともなかったじゃないか。ミカヅチには仲間がいる。異能者は特別じゃないし、数だって多い。そしておそらく異能者は、理由があって生まれてくるんだ。

今の怜には目標がある。それは赤バッジを救うこと。悪魔の理不尽を許さないこと。それこそ自分が異能に生まれた理由と信じたい。そのためならば、なんだってやる。

室内は真っ暗闇だが、渦巻く瘴気と幽霊だけはよく見えた。そして、なんということか、室内の瘴気と同等の瘴気は自分の背後にも渦巻いていた。

怜は振り返って赤バッジを見上げた。それは彼の身体が発するもので、今までも驚かされてはきたけれど、一層濃くなった気がしている。闇の中でも赤バッジと怜は視線が合った。瞬間、赤バッジの腕がヒュッと伸び、怜の身体をつかんで言った。

「真理明から伝言がある」

「……え」

「さっき電話をくれたんだ。安田さんに伝えてほしいと」

「なんですか？」

「アルバート・ダーセニーの著書を読んで違和感を抱いたことを思い出したと。怪奇残酷実話の説明書みたいな内容らしいが、あいつが言うには、文章には人となりが表れるんだとさ。その中で、ダーセニーが頻繁に用いた文が『この世の真理』と『始まり』らしい。真理明はそれがあいつの思考を表していると……」

赤バッジは怜に顔を近づけて耳打ちをした。

伝言は数秒間続き、やがて怜は頷いた。

「…………」

「なんとか言えや」

赤バッジがつぶやく。

「ヒントになったか、ならないか」

答えようにも考えがまとまらない。怜が思案していると、

「準備はいいかね？　中に入るぞ。油断をするな」

警視正の声がした。メンバーたちが臭気に慣れるのを待っていたのだ。

赤バッジは怜のそばを離れて、広目とともに警視正の両側に立った。三婆ズと神鈴もそばに来て、警視正らの後ろに立つ怜の後ろに並んだ。怜は女性四人を振り返り、暗闇の中で頷いた。彼女たちの指揮を執るのは自分の役目だ。

警視正が一歩前に出る。暗闇よりもさらに黒々とした闇の中へと入っていく。広目と赤バッジの姿が消えるのを待って、怜も女性らを連れて室内へと進み、全員が入り終わったことを確認してから扉を閉めた。

「はー、やれやれ」

三婆ズのヘッドライトに明かりが灯る。それは空間を丸く切り取って、パネルや柵《さく》や展示品が浮かび上がった。どこからともなく冷たい空気が落ちてくる。光が届かぬ暗がりに何かが潜む気配がしている。三婆ズが首を回すたび、丸い光に浮かぶのは、人を苦しめて惨殺してきたおぞましい道具の数々だ。

「あ〜らら……こりゃ、思った以上にい、っ、ぺ、え、あるな」

いつもの調子で小宮山さんが言う。

「トゲの椅子なんか、手で磨いてたら夜が明けちまう」

「だから電動グラインダーを持ってきたんじゃないの」

千さんの言葉を聞くと、すぐさま神鈴がこう言った。

「でも、ここは停電中よ」

「そうだった。それは困るね」

するとリウさんがフフンと笑った。

「おバカさんねえ。美術館なんだから倉庫に行けば発電機があるわよ。京介ちゃんに取ってきてもらいましょ。これを全部手で磨くなんて無理ですものね」

「そういうわけだ。よろしく頼むよ」

警視正が赤バッジに言う。

「ったく……人使いの荒いババアどもだぜ」

言うが早いか、ドアの開閉する音だけを残して赤バッジは消えた。

「それじゃ怜くん、仕事を始めるけど、どれから手をつければいいとか、あるかい？」

千さんに訊かれて、怜は部屋を見回した。

いつものように軽い会話を交わしてはいるが、怜の目にはそここにひしめいている悪意と死霊、絶望や怒り、怯えが見える。ヘッドライトが丸く切り取る光の外に、血まみれで痩せた死人がうようよいるのだ。それだけでなく道具が吐き出す悪意がすごい。呼吸するたびそれらが心に侵入してくる。人間が同じ人間に対してこれほどの悪意を浴びせることができたというなら、それはもう、人間に人間以外の力が作用したとしか思えない。人の器に何かが入れば、果たしてそれは人なんだろうか。

ダーセニーが宿る道具は見ればわかると思っていた。けれど瘴気が濃すぎて何も見えない。ここ数日で人を殺した三つの道具はぬらぬらと鮮血に光っているが、それ以外の道具は悪意が干渉し合ってノイズだらけだ。

怜は赤バッジがもたらした真理明の言葉を命綱のように握りしめている。

再びドアの音がして、ドン、バン、ガタン、と振動がした。

「持ってきたぞ、発電機」

赤バッジの声がして、

「それじゃ怜くん」

と、小宮山さんが言った。

「おれらは手近なとこから始めてるから、用があったら呼んでくれねえ?」

続いてブルルと発電機のエンジン音が静寂を破った。ヘッドライトの光の中で錆取りマシンが稼働を始める。

「ちょっと待て」

と、広目が手を挙げる。

「早く磨けるものから磨いてくれないか。囚われていた死霊が解放されるところを見せて、ほかの死霊を説得したい」

「あ〜ら、いい考えねえ。じゃ、そうしましょ」

そう言ってリウさんが持ち上げたのは、片側を顔面に装着する仕様の小さな四角い檻《おり》だった。飢えたネズミを檻に入れ、顔を嚙《かじ》らせる拷問道具だ。

「リウさん、それにグラインダーを使ったら壊れそうだよ」

千さんが言う。

「こっちにしなよ」

と、選んだのは台突きの槍で、罪人の両脚の間に突き立てて、自重で人を串刺しにする道具であった。用途を知れば反吐《へど》が出そうな鉄製で、真っ黒に錆び付いている。

「んじゃ、おれと神鈴ちゃんはグラインダーで豪快にやろう。早くしないじゃ夜が明けちゃうからな」

小宮山さんはそう言って、鉄の処女と、幾百ものトゲで覆われた椅子を指す。神鈴はポシェットを背中に回すと、

「了解」

腕まくりをしてゴーグルを装着した。

「私はここで見張りして、霧が巻いたら知らせよう」

肉体を持たない警視正は掃除を手伝えないので、腕組みをして部屋の中央に立った。

不穏な沈黙に包まれていた室内に発電機の音が鳴り響き、その振動で空気がかき混ぜられて、トゲのようにピリピリしてきた。暗がりに白い煙がゆらめき立って、ため息やすすり泣きの声がする。死霊が動揺しているのだ。広目はそちらに手をかざし、空間を押すようにして闇のほうへと歩いていく。それを赤バッジが見守っている。

怜も広目も赤バッジもヘッドライトを点けていないが、見たいのは展示品そのものではなくそれらに宿った『力』なので、ライトはむしろ邪魔になる。精神の半分を肉体とともにこの世に置いて、残り半分であの世を見つめる。

それは奇妙な光景だった。

室内には、展示品が生み出された時代から現在までが折り重なって混在していた。

時代の空気や臭いや気配、叫びや怨みや人々の興奮、汗、唾液《だえき》、体臭、嘲《あざけ》りの声と好奇心、欺瞞《ぎまん》に悪意、そういうものが一種独特の質量を伴って怜の身体に触れてくる。

無数の卑しい目が覗き見ている光景は、死者がさらされた末期の景色だ。当然ながら痛みも感じる。全身が細胞レベルでバラバラになっていくかのような痛みには観衆の狂喜が絡んでいるため、いたたまれない。

「大丈夫か」

と、広目が訊いた。

「広目さんこそ」

「赤バッジと来たときは、瘴気もここまで濃くはなかった。今夜は完全なる敵意を感じる。死霊はこちらを警戒している。グラインダーなど持ち込まれれば当然かもしれないが……訓練していてもこれはきついな。エンパスならばなおさらだろう……きみはブロックして自分を守れ」

「そうしたいけど、瘴気が濃すぎて上手くいかないんです」

ダーセニーの『道』を見つけたいのに、悪意が干渉して難しい。感情の渦がダイレクトに流れ込んできて自分の意識を見失う。ここにいる死霊を殺した殺人者たちが、笑って処刑を眺めている。野次馬に紛れて泣いている死者の家族まで見える。子供たちは泣き叫んでいる。その口を家族が塞いでいる。助けて、私は魔女じゃない……この人たちは叫びながら死んだんだ。だからすべてを怨んでいる。自分を陥れた隣人や、告げ口した相手など、憎む相手が次々と頭に浮かんで苦しいほどだ。

その中からたったひとつだけ、どの死人にも共通する映像が怜には見えた。

——無罪か、それとも有罪か——

法廷で審判者が言う。見守る人々の眼は血に飢えた獣のようだ。

神よ……正しい審判を……どうぞ私をお守りください。被疑者は祈る。祈り続ける。

――悪魔の手下は身体にしるしを持っている――

裸に剝かれて黒子《ほくろ》や痣をしるしと言われ、拷問に耐えて身の潔白を訴え続けて、それでも審判のときを迎えた者を、最後に裁くのは神だとされた。

神判だ。死霊たちはみな『神判』を経て処刑されている。

用いられたのは濡れ衣の針。だから彼らは神を呪った。救わぬ神を呪って死んだ……手指をバラバラに切り離されて、肘から先を潰されて、身体の下で火が燃えて……痛い、苦しい、耐えられない……これは……

怜はガクンと膝《ひざ》を折り、広目と赤バッジに両脇を支えられた。

……極意さんのときと同じやり方だ。残忍に殺したのは快楽のオマケで、真の目的は神を捨てさせることだ。ひどい……なんてひどいやり方なんだ。

怜は闇を睨んで立ち上がろうとし、よろめいて赤バッジにぶつかった。

「こんな程度でメゲてんじゃねえぞ……がんばれ」

甘いテノールで励《はげ》まされ、

「ほら」

広目は首を傾げると、自分の髪を二本ほど指に絡ませて引き抜いた。

「腕を出せ」

まるで操り人形のように赤バッジが怜の腕を広目に向けると、広目は手首を引き寄せて、そこに髪を巻き付けた。

「俺の力を分けてやる。少しはマシになるはずだ」

クロスさせた髪で輪を作り、輪から輪へと複雑なやり方で結んでいく。朦朧《もうろう》とした頭でそれを見ながら、

（無限を意味するかたちだな）

と思う。この世で広目は盲目の不具者だが、あちらでは千里眼を持ち、光り輝く姿で多層世界を自在に駆ける広目天《こうもくてん》だ。おおよそ百年ごとにこの世に生まれ、戦う性《さが》を背負っている。力の源は髪にあり、生まれてから一度も髪を切ったことがないと教えてくれた。その髪を、広目は怜に結んでいる。

不思議なかたちに結び終えると、怜は広目と繋がった気がした。ものの気配だけでなく、今ではすべてがハッキリ見える。多層世界が重なることで視覚が錯乱して引き起こしていた目眩《めまい》すら、嘘のようにやんでしまった。

「……あ」

怜は自力で立って周囲を見回した。広目のおかげで、執拗に流れ込んでくる悪意はブロックできた。だが、その代わり、

「便利だな」

牙を剝き出して苦笑する赤バッジの姿も、肉眼を通して見ていたものとはまったく違っ

てしまっていた。彼の身体は七割程度が瘴気を吐き出す黒い渦で覆われて、肌の色は灰褐色、両目は赤く、額に角が生えていた。

「俺にも数本抜いてよこせよ」

「悪魔憑きにやる髪はない。それよりとっとと仕事を始めろ。重い鉄の道具を三婆ズの近くへ運んでやれ。バケツに水もいるだろう。俺と新入りは死霊と話す。邪魔するな」

いつもどおりの会話を聞いていてさえも、霊障とは別の痛みが怜を刺す。

広目さんには、ずっとこんなふうに見えていたのか。極意さんが追い詰められている状況は、広目さんにとって火を見るよりも明らかだったんだ。

ほぼ悪魔に乗っ取られている赤バッジの姿に感じるものは、絶望と諦《あきら》めだ。もう手遅れだったんだ……いや、最初から手遅れだったのかもしれない。広目さんは、だから関わるなとぼくに忠告し、極意さんが運命に逆らう選択をしたときは一縷《いちる》の希望を見出《みいだ》して悦んで、彼が自死を選ぼうとしたときは、心の底から怒っていたんだ。

極意さんのすべてを知ればこそ。

絶望も希望も苦しみも、広目が赤バッジと共有していたことを、このとき怜は初めて知った。もっと早く、ぼくがミカヅチに来ていれば。

その場合は警視正が死ぬこともなく、結果として怜はスカウトされない。もっと早く、ぼくが極意さんを知っていたなら。

その場合、怜は彼を避けただろう。見える自分を隠して生きていたわけだから。

怜はグッと拳を握った。

できなかったことを悔《く》やんでなんになる？　ぼくらにあるのは『今』と『未来』だ。うん、でも『今』は、ぼくがいる。ぼくだっている。そのためにぼくがここにいるんだ。

怜が自分に言ったとき、足元から白い光が湧き上がり、次第に怜を包んでいった。光は展示室全体を朧に照らし、三婆ズや神鈴が驚いて振り向いた。

「おぉや、これかい？　怜くんが光るって……初めて見たけど、きれいなもんだね」

「できりゃ、もっと明るいのがいいけどな、仕事が楽で」

「お喋《しゃべ》りよりも手を動かしてね。あぁら、神鈴ちゃん、お掃除けっこう上手じゃないの」

白い光には頓着《とんちゃく》もせず、鉄の処女を運ぼうとしている赤バッジの腕を、怜はグイと引き寄せた。

「あ？　なに？」

「極意さん。ぼくは諦めませんからね」

広目の霊力を通して見る赤バッジは、悪魔さながらの顔でニマリと笑った。

「告《コク》ってんのか？　相手が違うわ」

プイッと背を向けたとき、そこにはおぞましいコウモリの翼が生えかけていた。同時に人間・極意京介の背中も見えて、胸が張り裂けそうになる。怜は肩をつかまれた。

「何度も言うが、先ずは仕事だ」

振り向けば、広目は透き通った目で佇んでいる。

その本心を知りもせず、冷たい人だと思った自分を殴りたい。けれど怜は頷いて、広い展示室へ歩を踏み出した。空間を埋める死霊がどんな最期を迎えたのかを知ったいま、恐怖に潰れそうだったさっきの自分はもういない。怜は怒りを抱えていた。それは瘴気から来る怒りではなくて、怜自身の怒りであった。

アルバート・ダーセニー、おまえのやり方にはうんざりだ。絶対に依り代を見つけてやるぞ、おまえがこちらへ来るのに使う『道』を見つけて塞いでやる。

「うーむ……何があろうと信じて長らえれば成長できるものなのだなあ。人も悪魔も広目《こうもく》天《てん》も……なあ、土門くん」

残念ながら土門は建物の外にいる。警視正は部屋の真ん中あたりに一人で立って、腕組みしながらつぶやいていた。

――ダーセニーは著書で頻繁に『この世の真理』と『始まり』という言葉を使っていたの。つまり、世界の真理は、始まりのときに決定されたと――

真理明は赤バッジにそう話したという。

――始まりはエデンよ。そこで真理が生まれたとダーセニーは書いている。お兄ちゃんはエデンで何が起きたか知ってる？

エデンは神様が創《つく》った最初の世界なの。美しくて完璧《かんぺき》な小さい世界。神様はアダムとイブをエデンに置いて、楽園を広げる仕事を与えた。

サタンは神の御使《みつか》いだから、神様と一緒にエデンを創ったの。アダムからイブを創り出すときもそこにいた……なんでも知って、持っている、最も美しい御使いだった……ただ、サタンが持てないものが二つある――

怜は真理明のヒントでダーセニーを知ろうとする。その男が残忍な嘘つきの人殺しで、サバトを行う悪魔崇拝者であるならば、彼の価値観はサタンのそれと遠くない。むしろ傾倒しているかもしれない。真理明はそれに気がついたのだ。

――それは肉体と崇拝よ。

御使いには肉体がないから、人間の女性がどんなに美しくて魅力的でも、人間の男性に取り憑かなければ交われない。悪霊は人に取り憑く必要性を知って女性と交わり、ネフィリムと呼ばれる超人を生んだ。ネフィリムは死を好む。共食いをして、殺し合って……その残忍な資質がいまもダーセニーのような人たちに受け継がれている。残念だけど、生まれながらの悪人は存在するのよ。

もうひとつが崇拝で……これぱかりは神ですら自分で創り出すことができないわ。だからサタンはそれが欲しいの。神のように崇《あが》めてほしくてイブを騙した……これが『始まり』で、この世の真理を決めた事件よ。

イブはすべてを与えられてなんの不満もなかったのに、サタンの言葉を信じてリンゴを食べた。それだけでなくアダムにも与えた……これはね。イブはサタンの、アダムはイブのいいなりになったということなの。二人は神でなくサタンに従った……罪の原点。この世の真理……ダーセニーは、人を騙して寝返らせるのがサタンの本性と書いている――

室内で風が動いた。すすり泣きが大きく聞こえ、広目の周囲に靄《もや》が立つ。その靄が実は折り重なる死霊だということが、怜の目には見えている。

三婆ズと神鈴は拷問処刑具を磨き続ける。熱心に磨けば磨くほど腐臭は強烈に漂ってくるが、神鈴は口を真一文字に引き結び、轟音を立ててグラインダーを回している。

小宮山さんがブラシで錆を掃き出して、千さんがバケツの水で雑巾を絞って磨く。ひどい悪臭に耐えきれず、マスクを持ち上げてビニール袋に吐いてから、神鈴はなおも拷問処刑具を磨く。ついに台付きの槍を磨き終えると、死霊の十数人が両手《もろて》を挙げて光り始めた。

「よし、よくやった。おーい、こっちだ！」

同時に警視正が声を発した。光る死霊たちを手招くと、

「ちょっと行ってくる」

彼らを従えてどこへともなく姿を消した。

「送っていったな――」

と、赤バッジが言う。

「——警視正が仕事らしい仕事をするのを初めて見たぜ」

「ああ、なんか清々《すがすが》しいわね。死霊を成仏させるってサイコーの気分な感じがするわ」

そう言う神鈴だけでなく、広目の周囲でもざわめきが広がった。成仏できると知った死霊が自ら声を発したのだ。針を植えた椅子さえきれいになって、三婆ズと神鈴は次第にテンションが上がってきた。グラインダーをブンブンいわせて大物に挑んでいく。

「ほれ。次だよ、次、こっちへデカいの運んでおくれ」

乗りに乗った千さんが赤バッジを呼ぶ。

「磨くだけなら死体の処理より楽しいな」

「そうよねえ、なんだかわたくし、クリーニング・ハイになってきたみたい」

「私もよ！　ピカピカになるって最高ね！」

赤バッジが慌ただしく展示物を運んでいるとき、怜はまだ室内を見ていた。展示物が浄化されるたび不穏な空気が薄れていくが、それでもまだまだ瘴気は濃かった。

罪人にかぶせてさらし者にするための奇態な仮面が壁にある。動物やバケモノや身体の一部を象ったもの。鼻だけが伸びた死者の面。王冠を頂く目のでかい鬼。

ダーセニーが宿っているのはこれかもしれない。自分を王になぞらえたなら。

けれど近づいていくとそうではなかった。面には羞恥と悲しみ、怒りしか宿っていなかったのだ。悪臭に負けることなく息を吸い、怜は意識を集中させた。視界を遮る瘴気《さえぎ》を省き、本当に禍々しいものを見極めるのだ。

広目の周囲に集まっている死霊の動きを参考にしてみようとも思った。彼らはなにを恐れているのか。ファラリスの雄牛、鉄の処女、異端者のフォーク、針の椅子、水責めの籠《かご》、引き裂く機械……ところが彼らはすべてから目を逸らしている。

──罪の始まり──

怜は真理明の言葉にすがった。

──この世の真理──

ううーん……次には両手で頭を抱えた。つまりエデンで事件が起きたとき、この世の真理は神のそれからサタンのそれに歪められたということか。ダーセニーはそう思っていた。だから神よりサタンを崇めた。この世ではサタンの力が神に勝ると知っていたから

……サタンの本質は嘘つきだ。

敵を知れ。と、頭の中で小埜が言う。

ヒントくらいは与えてやろう。疑問の答えは安田くんが自分で見つけるしかないが……

先ずは敵を知ることだ……敵を知ること……敵はアルバート・ダーセニー。ダーセニーも嘘つきで残忍、被害者の恐怖と絶望を喰らい、神を呪って死ぬよう仕向けた？

──神のように崇めてほしくてイブを騙した……──

ダーセニーは殺人鬼の悪魔崇拝者だ。根っから人間が腐っていた。悪魔崇拝者は善人から奪ったものをサタンに捧げて見返りを得る。サタンに傅《かしず》く素振りでサタンを使役しようとする。その心根はサタンと一緒。そうならダーセニーは何に価値を見出した？　残忍な道具すべての中で、真に残忍な道具はどれだ？

怜は深呼吸して両脚を踏ん張り、真っ直ぐに立って室内を見渡した。身体が発する白い光は強くなり、物質の輪郭がハッキリ見えた。

カタン……どこかで微かな音がした。

天井から冷気が平らに降ってくる。さながら氷の板が下がってくるかのように。異変に気づいた三婆ズのライトが怜に向いて、足元に真っ黒な影ができ、それが禍々しいものに思えてギョッとした。だが、よく見ればただの影だとわかる。いや、違う。影は奇妙に歪んでいる。向こう側からライトが当たって影ができたら、この位置に影はない。

「けいしせいーっ！」

全身の血が逆流するかのようで、怜は悲鳴のような叫びを上げた。一同が動きを止めて、発電機の音がプツンと途切れ、三婆ズのヘッドライトは明滅を繰り返して、ふうっと消えた。闇と静寂があたりを包む。湿った霧が湧き出して、馬の蹄の音がする。

「……来るぞ」

と、広目がささやいたとき、怜は見た。

自分の身体から発する光に、ただひとつ反射している品がある。懐剣ほどに小さくて、展示台の棚にほかの道具と並んで置かれている。棒状の持ち手の先に数本の針が剝き出しになった濡れ衣の針だ！

触れようと手を伸ばしたとき、警視正が、

「霧だ」

と、言った。三婆ズと神鈴は道具を置いて、ゆっくり物陰に身体を横たえた。
カ、カ、カッ……蹄の音は前回よりも激しくて、容赦なくこちらへ近づいてくる。
怜は展示台に素早く走って濡れ衣の針を奪おうとした。だが指先が届くかと思われたとき、赤バッジに体当たりされて床に倒れた。室内に湧いて出た馬の蹄が怜を踏み潰《つぶ》そうとしていたからだ。赤バッジは怜を庇って立ちはだかると、あのテノールで、

「……あっぶねえ……」

と、吐き捨てた。冷たくて濃い霧が室内を包む。こちらとあちらが繫がったのだ。

「……極意さん」

「シ！」

見上げるほどの位置に第四の騎士の兜があった。それを睨んで赤バッジがささやく。

「右だ」

怜が右へ飛び退《と の》いたとたん、今いた場所を槍が貫く。赤バッジ自身は中空へ消えた。

「広目くん！　安田くんのフォローを」

「承知」

警視正と広目の声が聞こえて、気づくと真後ろに広目が来ていた。

「見つけたか？」

耳元でそう訊いた。

「魔女裁判で使われた濡れ衣の針……ダーセニーはそれに宿っています」

「む……気にはなったが、まさかあれとは……」

それでどうする？　と広目はまた訊く。

「考えがあります。でも、とにかく針を手に取らないと」

ブン！　と頭上から槍が振り下ろされたとき、闇に赤バッジが湧いて出て、馬の前脚を掬《すく》うのが見えた。馬はカクンとバランスを崩し、槍は怜らの代わりに展示物を打った。

「ひいぃ」

と三婆ズの悲鳴が聞こえた。

「三婆ズと神鈴くんは伏せていろ！　決して顔を上げるなよ」

警視正が命令する。

ブルルル……馬は激しく嘶いて、炎のような息を鼻から吐いた。骨だけのくせに歯を剝き出して前脚を踏ん張り、立ち上がる。その大きさは見上げるほどだ。広目と怜の前に立ちはだかると、赤バッジは背中で言った。

「俺が止めるから、早いとこ取ってこい」

「行け」

広目にドンと背中を押され、怜は一旦《いったん》脇へ下がった。騎士が展示台の前にいるので、横か後ろからしか針は取れない。馬上の騎士がこちらを向いた。兜の隙間に覗く目が炎のようだ。だからこそ怜は確信した。やっぱりあれが『依り代』なんだと。

槍先《やりさき》がこちらに向く。赤バッジが妨害しようとする。けれど悪霊と戦うたびに、彼の悪魔度は上がっていく。極意さんを戦わせたくない。

拷問道具を盾に床を這いながら、怜は広目を振り返る。

さっきまで広目の周囲には百を超える死霊がいたはずだ。だが、今や死霊はダーセニーを恐れて拳ほどに縮こまり、ただのオーブになっている。オーブは丸い光の玉だ。

「頼む。力を貸してくれ」

広目の声にオーブは光ったり消えたりしている。助かりたいのに勇気がないのだ。ひどい痛みと苦しみが、死んでも彼らを縛っている。また攻撃があって、怜は風圧に吹き飛ばされた。もはや背中に警視正の頭蓋骨を背負っていることも忘れるほどに、怜のすべてが宙に飛ぶ。落ちてぶつかって何メートルか床を滑《すべ》って止まったとき、拷問具の切っ先が鼻先まで迫ってゾッとした。広目はもはや叫んでいる。

「おまえたちは行きたくないのか！　本当の『向こう』に！」

オーブはフルフルと震えるばかりだ。

これじゃダメだ、埒《らち》があかない。一か八か、行くしかない。意を決して立ち上がったとき、広目の隣に警視正が立つのが見えた。

「死人だからといって、ただ死んでいればいいというものではないぞ！　助かりたければ戦いたまえ。自分の魂くらいは自分で救え、救ってみせろ！」

「俺たちが力を貸すから」

ひとり、ふたり……オーブが死霊に姿を変えていく。怜が心震えたその瞬間、

「ヤスダー！」

と、赤バッジが叫ぶ声がした。

一瞬の気の緩み。

赤バッジは騎士を羽交《はが》い締《じ》めにしていたが、太くて長い槍の先端は、すでに怜めがけて飛んできていた。立ちすくむ怜の胴体に、その切っ先が突き刺さる。

そう思ったとき、目の前で幾十の死霊が砕《くだ》けて消えた。怜は素早くその場を逃れ、展示台に飛びついた。死霊たちが盾となって怜を守る。老女に老人、ヒゲの中年、若い母親、子供まで、悲惨な最期を迎えた者の眼差《まなざ》しが靄の中から語りかけてくる。行け、やるん

だ、救ってくれ……どうか我々を救ってくれと。

目もくらむほどの閃光《せんこう》が、そのとき怜の身体を包んだ。どこかから照射される光ではなくて、怜が発する光であった。室内が真っ白に輝いて、あらゆるものが光に包まれ、影さえ消えた。怜は濡れ衣の針をつかむと、第四の騎士に向かって高々とかざした。

馬鎧を纏った蒼い馬、馬上の騎士が動きを止める。そいつは一度たりとも言葉を発してこなかったが、このときばかりは兜から覗く眼が大きく見開かれていくのがわかった。その背中には赤バッジがいる。怜の光に照らされた姿はイケメンの青年刑事のものだ。

「アルバート・ダーセニー！」

怜は悪霊を名前で呼んだ。

「この嘘つきめ！　被害者たちを騙したな！」

破《わ》れ鐘《がね》のような声である。

高々と針を持ち上げて死霊たちに見せ、刺せば引っ込むカラクリを示した。

うおお……と、ダーセニーはうなり声を上げた。

「真人間を突けば血が流れるが、魔女は平気だ。おまえは彼らにそう言った」

持ち手から覗く針は数本。それぞれがアイスピックの先より鋭い。怜はそれを自分の腕に突き立てた。が、針は持ち手に収納されて傷が付かない。死霊たちはざわめいた。

「ぼくは魔女か？　そうではない」

怜は死霊に身体を向けた。

「すべては嘘だ。魔女を裁くためでなく、あなたたちから神を奪うためにこれを用いた。見るがいい！」

再び針を大きく掲げると、ストッパーを立ててから力を込めて突き刺した。針が肉を貫く感触があり、怜は痛みに顔を歪めた。

ぐぉぉぉぉぉぉおおおおおおおおおおおおおおおおおおおーっ！

ダーセニーは雄叫《おたけ》びを上げた。

引き抜くと真っ赤な鮮血が飛び散って、死霊たちも叫びを上げた。その声は恐怖ではなく怒りに変わり、砲弾のようにダーセニーへ向かっていく。ダーセニーは苦しみ始めた。

「証明したぞ。彼らではなくおまえが魔女だ！　毒の言葉で騙して神を奪った。騙された者には罪がない。真実を知った彼らの怒りを浴びて地獄へ帰れ！」

死霊たちがダーセニーに向かっていくのと、怜が濡れ衣の針を赤バッジに向かって投げるのとが同時で、赤バッジはそれを受け取るや、真っ二つにへし折った。

瞬間、ダーセニーの身体はグニャリと歪んで、蒼い馬と一緒に崩れ始めた。湿った苔《こけ》と墓穴と、死体の臭い、陰気と嘲り、妬《ねた》みと悪意、そういうものが入り交じった渦が宙に生じて、彼と馬とは吸い込まれ、やがてどこかへ消えてしまった。

怜の閃光も消え去って、発電機とグラインダーの音が戻った。神鈴と三婆ズは顔を上げ、そして展示室にいる人々を見た。今や死霊たちは健康な生前の姿で、広目と警視正の周囲に佇んでいた。赤バッジは床に落ち、その場に胡座《あぐら》をかいている。

半透明の人々は数人ずつ前に出て、白い衣の裾《すそ》を持ち、優雅にお辞儀をするたびどこかへ消えた。子供の手をひく母親や、帽子を持ち上げて消える馬方、メイド帽を被った中年女性、老婆に老爺《ろうや》、聖職者に兵士まで……わずか数十秒の間に死霊のすべてが消えていき、最後に小さな少女が一人だけ残された。

五歳か六歳くらいに見える美しい子だ。秀でた額に水色の目、黄金の髪を結い上げて、レース製のむち打ちコルセットみたいな襟付きドレスを着ている。

少女は怜を見上げて微笑むと、片足をひいて軽いお辞儀をしたあとで、

「みんなを助けてあげたのね」

と、あどけない声でささやいてきた。

もしかして、天使がお礼を言いに来たのかな。

そう考えて近づいたとき、少女の口は耳まで裂けて姿全体が黒くなり、

「……覚えておけ……」

得体の知れないモノが怜に襲いかかってきた。

瞬間身体が宙に浮き、怜は床に叩きつけられて、戦闘態勢に入った広目が少女の前に立ち塞がった。

ふ……ふ……ふはは……はは……はははは……

ゾッとする高笑いだけを残して、少女の姿はどこかへ消えた。

「無事か」

振り返って広目が訊いた。

しかし怜は怯えていた。いったいなんだ、今のアレは？

いたいけな少女の姿をしたモノは、今までに知るどんなモノよりおぞましかったし、あんなモノを見たことは一度もなかった。身体が凍り付いてしまったようで、言葉すらも出てこない。

広目は怜に近づいてきて、長い髪を掻き上げた。

次には怜の腕をつかんで立ち上がらせる。

「向こうへ帰るぞ」

向こうって？

そのときになってようやく怜は、自分が端境で迷っていたことを理解した。

死霊が帰っていく様を、三婆ズたちと見ていたはずだ。

なのに、どうして、いつから迷った？　わからない。

広目が髪を巻いてくれた自分の手首を見てみると、すでに髪は跡形もなかった。拷問処刑具が置かれた部屋を、広目に引かれて怜は歩く。さっきと同じ部屋に見えるのに、そこにいるのは二人だけ。展示台の下には赤バッジが折った『濡れ衣の針』が転がっていて、線香の香りが漂っている。

「道はこれか……皮肉だな」

広目は一度立ち止まり、ブツブツと文句を言った。

目の前にあるのは扉を開けた鉄の処女で、迷わず棺桶内部に入っていく。そこに怜も引っ張り込まれて、三歩ほど歩いたそのときに、二人は同じ道具を通って企画展の会場へ戻っていた。室内には煌々《こうこう》と明かりが点いて、展示台には痛み止めと包帯と、水と食べ物と酒と花が供えられ、線香の煙がたなびいていた。

「ああ、ほれ、帰ってきたぞ」

と、小宮山さんが言い、

「広目ちゃ～ん、お帰りなさーい」

とリウさんが、怜を避けて広目に抱きつく。赤バッジは警視正の横にいて、

「心配したぞ」

と、牙を隠して苦笑した。

「すみません……でも……え？」

事情が上手く呑み込めない。展示物のお掃除がすっかり終わっているということは、ぼくらはどれくらい向こうにいたのか。一分程度の感覚しかないのに。

神鈴が近くへ寄ってきて、ポケットから出したハンカチで怜の腕を縛ってくれた。自分で針を突き刺してケガしたことすら忘れるほどに、怜は恐怖で凍っていた。

「よく見つけたね、あんな小さい道具に宿っているのを――」

感心した声で神鈴が言った。

「――夜が明けたらすぐ病院へ行かないと。錆びていたから破傷風になるよ」

すかさず千さんがやってきて、大きなビニール袋で腕を包んだ。

「もうお掃除が終わったからさ、血を垂らされるとマズいんだよね」

ダラダラと流れる血液が、もうじき手の甲から垂れそうだった。それをビニール袋に包まれてしまうと、ようやく怜は現実として破傷風の危機にゾッとした。

「今回はみんな、よくやった。供物をかたづけ、電気を消して撤収だ」

展示室内は、濡れ衣の針が壊れた以外は元どおりになっていて、ここでバトルがあったことなど誰もわからないはずだと思えた。古い拷問道具すべてがピッカピッカに磨かれて、新品のようになってしまったことを除けばだが。

「いやーあ、疲れた、疲れた……んじゃ、早《はえ》ぇとこ帰るかね」

小宮山さんは線香を消して、死者への供物をかたづけ始めた。グラスに注いであった酒はクイと飲み干し、花や食べ物をリュックに戻してリウさんが言う。

「あの人たちは無事に成仏できたのよねえ?」

「そのようだ」

と、広目が答えた。

「生前の姿で消えていったな。ああやって見るとオバケもさ、生きてたころは普通の人だな。それがあんなにボロボロになって……死ぬに死ねねえのは苦しいよ？」

「そうだよねえ。死ぬほど苦しいって言葉があるけど、終わりにできないっていうのも考えものだね」

「たしかにな」

と、赤バッジが答えた。

広目から借りた能力なしに見る赤バッジは、強面で不機嫌そうないつもの姿だ。けれど、もう、怜は大半を侵食された彼の姿が忘れられない。

鉄の処女に入って扉を閉めたとき、極意さんがなにを考えていたのか、それがわかったのは広目さんだけだったんだと思う。焦りばかりに駆り立てられて、思考が上手く繋がっていかない。ビニール袋に溜まっていく血に目をやれば、己の無力さを嘆きたくなる。

いつもどおりなのは三婆ズだけだ。

「グラインダーのお掃除って爽快《そうかい》よねえ？　わたくしはちょっとハマったわぁ」

「なんにでも使えるわけじゃないよ。素材を傷つけないようにしないとさ」

「忘れもんはねえか？　ねえな？　大丈夫だな？」

暗闇を歩きやすいよう、三婆ズは荷物をすべて身体に巻いて警視正に言う。

「いいよ、折原さん。電気を消しても」

「では、我々も帰るとするか」

警視正の合図で電気が消されると、怜たちは広目を先頭に、再び暗いロビーを通って非常口に向かった。その先で幽霊の警視正が外の様子を探り、無人であるのを確認してから屋外へと抜け出した。

時刻は午前五時少し前。暗さはあっても空に月と太陽が一緒にいる気配がしている。全員が外に出ると赤バッジが非常口の扉を閉めて、そそくさと森へ逃げ込みながら、誰にともなく怜は訊いた。

「結局、セキュリティ会社の人は来なかったんですか？　土門班長が足止めをして？」

「来たわよ」

と神鈴がすまして答えた。

まだ真っ暗ではあるけれど、東の空に日が昇る気配がある。風は冷たく、昨晩よりも吐く息が白い。停電から復旧したようで、公園内にも明かりが見えた。

「土門班長のおかげで、来たのは二時過ぎだったと思うけど」

「それで大丈夫だったんですか？」

「私が外で待っていたからな」

と、警視正が言う。

「セキュリティシステムは、もともと復旧しやすいようにしてあったのよ。だから作業はごく短時間で済んだんだけど……笑っちゃう、それでね？」

神鈴は後ろ向きに歩きながら怜に言った。

「直して最終確認をした後で、その人、展示室へ入ってきそうになったのよ。それで警視正が声をかけたの」

「え？」

怜は警視正を見た。ニヤニヤと笑っている。

「そういうつもりではなかったのだが、中が大変なときだったからね、首の向きを間違えたのだよ」

「そうじゃねえよう、あれはわざとだ」

「そうよねえ」

「しかもポロッと落っことしたろ？　わざとだよ」

三婆ズも笑っている。

「人間は本当に驚くと悲鳴を上げないものなのだな。初めて知ったぞ」

「え、それで……その人は？」

「何もなかったような顔をして、道具をまとめてすぐ帰ったみたい」

「西洋美術館に首なし幽霊現る」

赤バッジが笑って言うと、

「上官を話のネタにするものではない」

と、広目が叱った。

「とにかく折原さんのおかげで助かったのよぅ。そのときはまだ中がしっちゃかめっちゃかだったから……でも、停電が復旧してからはお掃除もすごくはかどったし、今回は死体を扱ったわけでもないから感染の危険もないでしょう？　馬に乗った怖いのが出てきた以外は、けっこう楽しい現場だったわよねぇ」

「馬に乗ったのだって見ねかったじゃねぇの」

「そうだよねえ。床にうつ伏せになってたんだし」

「まあ、おれは見たけどな、ちょっとだけ」

「あらぁ〜実はわたくしも……ちょっとだけ」

「ダメじゃないか、あたしもちょっとは見たけどさ」

三婆ズは「あはは」と笑った。

「なんで見るのよ？　あんなに危険と言っておいたのに」

「だってぇ……興味があるじゃない？　すごいイケメンが乗っているかもしれないし」

「ただの骸骨だったけどね」

「同じ骸骨なら折原さんのほうがおれはいいなあ。甲冑なんか着て格好つけてるヤツに限って不細工なんだよ、知らねえの？」

「知らないわよ。ねえ、千さん？」

森の向こうに土門のバンが停まっている。

一足ごとに夜の底が白くなる。

一瞬で脳を恐怖で満たした少女の幻影を、怜は懸命に振り払う。身体はまだ震えているのだ。深く息を吸って吐き出したとき、

「どうした」

と、赤バッジが訊いた。

「いえ……別に」

見下ろしてくる視線が痛い。もっと絡まれるかと思っていたのに、何も言ってこないことも気になった。見上げると、赤バッジは怜ではなく空を見ていた。

「真理明は役に立ったのか？」

「もちろんです」

「ならばあいつにそう言ってやれ。きっと喜ぶ。お荷物なんかじゃないんだと、俺が言っても説得力がないからな」

わかりました。と、答えたものの、そこから先が続かなかった。

鉄の処女に貫かれても、車でどこかへ突っ込んでも、第四の騎士とやり合ってさえ、極意さんは肉体にダメージを受けない。ずっとそう思ってきたけれど、ダメージが肉体ではなく魂を蝕《むしば》んでいるとは知らなかったのだ。

悪魔を発動するたびに、赤バッジは悪魔に近づいていく。

広目の言葉の意味を怜は深く噛みしめた。

振り返ると、広目は少し離れてついてくる。目を閉じて、恐れも苦しみも知らないような顔をして。コマーシャルの映像みたいに長い髪が風に流れて、見惚《みと》れてしまうほど優雅な佇まいでありながら、彼もまた常に異世界とこちらの狭間《はざま》を綱渡りしている。

ぼくは、と怜は自分に思う。

この人たちの中にいて、どんなかたちで彼らの役に立てるのか。

強くなりたい。と、自分に言った。ただ異能を持ってるだけじゃダメなんだ。ホントに強くならないと。あんなモノが……と、ダーセニーではなく少女を思った。あんなモノが悪魔みたいな兵士を集めているなら、このままじゃいけない。このままじゃダメだ。

お掃除のバンに近づいていくと、運転席のドアが開き、土門が出てきてこちらを向いた。お地蔵さんのような姿にニコニコした顔、それを見るとホッとする。

「お疲れ様でした。首尾はどうでしたかね？」

警視正が答える前に、

「腹が減ったな」

と、小宮山さんが言った。

「わたくしもよぅ。けっこうな肉体労働だったもの」

先頭切って車に向かい、ハッチを開けて、三婆ズが装備を解いてお掃除道具を積み込んでいる間に、土門はミカヅチメンバーのそばに来て、真っ先に怜の腕を見た。

「負傷者は一名ですみましたか──」

と、ニッコリ笑う。

「──治療代に労災が下りますからね」

「こいつは自分で刺したんだがな」

赤バッジが横から茶々を入れると、

「道を封じるためにしたことだ。仕方あるまい」

と、広目も言った。土門はメガネの奥で目を丸くした。

「はて。それはどういうことですか？」

「真理明さんが電話でヒントをくれたんです」

「それはそれは」

と、土門は言って、制服を脱いだ三婆ズも脇から訊いた。

「それそれ。どうしてあんな小さいものにバケモノが宿っているとわかったの?」

怜の代わりに広目が答える。

「大きさは関係ない。あれは無実の者を陥れるための道具だからな、考えようによっては処刑具よりもたちが悪い。審判者は針を刺すかどうかを自分で決めた。そしておそらく……一人も無罪にしていない」

「神判を装って主権を自分に置き換えたんです。それは神を冒瀆《ぼうとく》する行為で、サタンが悦ぶことでした。ダーセニーはそれを知っていたから『濡れ衣の針』に惹かれた。おそらく彼自身が殺した人たちも、全員が針を経験させられたのだと思います。拉致されて、処刑道具を見せられて、おまえは魔女かと訊ねられた」

「反吐が出る」

と、広目は言った。

「違いますと答えれば針を見せ、刺して血が出れば助けてやろうとその人に言う」

「まあひどい。初めから助ける気はないわけでしょう?　それなのに」

リウさんは真っ赤になって怒っている。

「槍男の野郎……捕まえて拷問にかけてやりゃよかったな」

「いまなら切れ味バツグンだしね」

「そんな危険なことを言わないで。やっと地獄へ返したっていうのに」

神鈴はまたポシェットをパチパチと鳴らし始めた。

「ダーセニーが固執したのは、命の瀬戸際に立たされた被害者が神判に一縷の望みをかけること、そして裏切られること、この一連の儀式だったんです。神を信じて失望すること……だからダーセニーの固執を打ち砕《うくだ》くためには、裏切ったのが神ではなく彼だということを、真実として死者に見せる必要があったんです」

「それでその傷ですか……自分で自分を突き刺した？」

「はい。悪魔と違って、肉体を持つ人間には血が流れている。あの針はそういう人間を死地に追いやりながら、一度も血を吸うことなく神判の仮面を被っていた。そんなのは許せない、ぼくは暴かずにいられなかった」

土門は深く頷いて、怜の肩に手を置いた。

「よくやりました」

そして一人一人に微笑みかけた。

「みなさんもですよ。広目くんも、神鈴くんも、赤バッジも……三婆ズも」

「なぁに、おれたちは商売だからさ、料金はちゃんともらうよ？」

「かないませんねぇ」

「ほんとうはね？　相手が死神と聞いたから、追加料金をがっぽり上乗せするつもりだったのよぅ。でも、死体の処理がなかったから、追加分は夜間手当と休日手当だけにしておいてあげるわ。だけど満願堂のきんつばはマストよ。忘れないでね、土門さん」

「芋満月もな。コンビニで買えるのは秋だけだったかもしれねえし」

「さあ。それじゃ……」

と千さんが、背中から大きな風呂敷《ふろしき》包みを取り出した。

このまま帰るのだろうと思っていたら、土門はすまして、

「噴水広場に移動しますか」

などと言う。そして運転席を開けて、飲み物で膨らんだレジ袋を引っ張り出すと、お掃除バンを施錠した。

刻一刻と夜が明け、園内に植えられた木々の樹形が見えてくる。手も洗わず、シャワーも浴びず、お茶で体内を流すこともなく、一行は土門について公園を進んだ。

「街より空のほうが明るくなったわ」

神鈴が嬉しそうに言い、

「今はね、街のシルエットにポツポツと、夜の明かりが残っているのよ」

見えない広目に説明している。

「その上に朝がグラデーションになってるの。雲の影がハッキリしてきて、お日様のいる場所がわかる気がする。この季節は赤く朝焼けしないのね。薄墨を流したみたいな無彩色だけど、空の下側が光って見える」

「美しいな」

と、広目が言ったとき、怜はまたこの仲間が好きになる。

木枯《こが》らしが吹く朝まだき、明かりも持たずにゾロゾロと公園を行く自分たちを見たら、人はいったいどう思うだろう。百鬼夜行に見えるだろうかと考えて、ようやく、なんだか笑える気がした。百鬼夜行は当たらずとも遠からずだと思ったからだ。

「何がおかしい」

頭の上から赤バッジが訊く。

「……いえ……なんか……」

理解してもらえるだろうと思えたからこそ、素直に答えた。

「ぼくらが百鬼夜行みたいだなあと」

赤バッジはしばし無言で考えてから、百鬼夜行の意味に気づいて、

「ぎゃっははは、はは」

と、笑った。

「違《ちげ》えねえ」

ああ、この声をまた聞けてよかったと怜は思う。そして密かに唇を噛んだ。

エピローグ

明るくなり始めたなと思ったら、夜は見る間に明けていき、噴水広場に着くころには、庭石やベンチや芝生の境目が見えるようになっていた。

「このあたりでよろしいでしょうかねえ」

土門は東京都美術館側にある林の中へ入っていくと、レジ袋をそこに置き、中から折り畳んだレジャーシートを出して広げた。風がシートの縁をバタバタいわすと、三婆ズは三方向で靴を脱いでシートに上がり、それぞれの履き物で隅を押さえた。

土門も靴を脱いでシートに上がり、怜たちを振り返る。

「ここは比較的奥ですのでね。一休みしていきましょう」

「ほれ、見てねえで上がってこねえと、六時を過ぎたら人が通るよ」

風呂敷包みを真ん中に置き、千さんがそれを開いているうちに、小宮山さんが布製の手提げカバンから、ビニール袋に詰め込んできたおしぼりをドサドサッとシートに開けた。

土門はレジ袋からお茶のペットボトルを出して配っている。

「お尻《しり》がちょっと冷たいですが、長居しませんので我慢してください」

怜と神鈴は顔を見合わせ、

「え、なんなの？」

と、神鈴が訊いた。

「おこびれだよ。朝ご飯というほどのこともないけど、お腹《なか》すいたろ？」

と、千さんが言う。

風呂敷包みに入っていたのは五段盛りの重箱で、開けると食べ物の匂いがした。

「昨日は日曜で家にいたからさ、いろいろ仕込みをしていたんだよ」

広目も無言でシートに上がり、赤バッジがそれに続いた。

「うわあ、ラッキー、あ、唐揚げがある！　卵焼きも！」

神鈴は靴を脱ぐなりおしぼりを取り、手を拭きながら重箱ににじり寄っていく。

怜もシートに上がらせてもらった。

「温かいお茶を買ってきましたのでね、食べるのはお茶を飲んでからにしてくださいよ？　おしぼりで手も拭いて。死体を扱っていないとはいえ、油断は禁物ですからね」

警視正のためにペットボトルの封を切り、土門が言っても、みんなはあまり聞いていない。おしぼりがいくつも消費され、ペットボトルのお茶はがぶ飲みされて、紙の取り皿が行き渡るか行き渡らないかのうちに、なぜか卵焼きから消えていく。

「焦って食うと喉につかえるよ」

「俺は若いんだから心配するな。嚥下《えんげ》障害なんてババアの病気だ」

「そんなことないのよ！　京介ちゃんに教育的指導！」

リウさんの平手が赤バッジの背中に炸裂《さくれつ》する。

「ってえなあ、見ろ、鶏《とり》が口からこぼれたじゃねえか」

「やだ汚い、責任持って拾って食べて」

「俺じゃなくリウの婆さんに言えよ」

「誰が婆さんよ、声がよくても許さないわよ？」

赤バッジが首を絞められている横で、土門はしみじみと食事を続ける。

「やはり千さんの煮物は天下一品ですねえ。こういう味で食べたいものですが、うちの家内はどうも出汁《だし》を取るのが苦手なようで」

「出汁というより年季の差では」

「広目くんはいいこと言った。料理はさ、楽しんでやるほど上手になるよ。あたしは食い道楽だから」

「年食えば料理が上手くなるわけじゃねえよな」

「それはわたくしに言っているのかしら？　食べ専の人生ってステキじゃないの」

「あー、私も食べるの大好きだけど、料理はちょっと苦手かも……」

「そうよねえ、神鈴ちゃん。食いしん坊と食べ専と料理上手は違うわよねえ？」

酒も入っていないというのに、食べるのと喋るのが同時に進んで、重箱は次々と空になっていく。空に太陽の気配がしてきた六時過ぎ、煮豆と酢の物の段に入った重箱を前に、小宮山さんがポツリと言った。

「でもさ。今回は、まー、たまげたな。長くお掃除ババアをやってるけども、まさか死神までお掃除するとは」

そして東の空を見上げた。

「……実はおれ、今回ばかりは亭主に心でお別れを言って出てきたんだよ」

「そうだよねえ。さすがに相手が死神じゃぁさ」

「あらあ、そうなの？　実はわたくしもなのよぅ」

リウさんまでが真顔で同意したので、怜は黒豆を咀嚼《そしゃく》するのをやめた。けれどリウさんはすぐにクスクス笑って、

「だーけーど……」

と、言った。

「広目ちゃんと一緒なら死ぬのもいいかなって、ちょっとだけ」

「じゃ、なんであたしに『弁当作れ』と言ったのさ」

「それはほらアレよ？　上手くいったらお腹がすくと思ったからよ」

「そうだよなあ。腹が減っては戦ができぬって、知らねえの？」

「それは戦の前でしょうがよ」

「でも、千さんのごはんが食べられて私はラッキー」

「私もですよ」

神鈴と土門がそう言って、

「俺もだ。いつも感謝している」

と、広目が言うと、膨らんでいた千さんの鼻の穴が小さくなった。

「ぼくもです」

怜は肘で赤バッジを突いた。

「うまかった。ごちそうさん」

赤バッジは食べ終えた紙皿を半分に折って、小宮山さんが持ってきたゴミ袋の底に押し込んだ。以前一緒にカレーを食べたときにも思ったが、彼は食べ方がとてもきれいだ。

「さあ。では、道が混んでくる前に帰りますかね」

土門が言って、片付けが始まる。空の重箱がまた重ねられ、風呂敷に包まれてシートからどかされ、空になったペットボトルはラベルを剝がして集められ、神鈴がティッシュでシートを拭いて、広目と赤バッジが靴を履く。お茶を飲んでからは会話に入ってこなかったなあと思っていたら、警視正は怜が背負ったリュックごと、ちゃっかり背中に負ぶさっていた。顔の真横に首があるのにギョッとして、

「どうしたんですか」

と、問うと、

「いや別に……――」

と、警視正は答えた。

「――……三婆ズではないが、歳かもしれん。今日はいささか疲れたのだよ」

「あの世とこの世を頻繁に行き来されたからだと思います。地縛霊の身でありながら、自縛された髑髏を離れて死霊を送っておられましたし」

広目が警視正を労うと、リウさんとレジャーシートを畳みながら、

「お疲れ様でした」

と、土門も言った。

警視正の依り代は怜が背負うリュックの中にあり、怜が攻撃されるたび飛ばされたり落とされたり滑ったりした。その最中は精一杯で、警視正を思《おも》い遣《や》る心の余裕もなかったが、たぶんそれで疲れたのだと怜は思った。

「配慮が足りずにすみませんでした。ぼくが背負っていきますから」

「いやなに、けっこう楽しかったな」

そう言って、警視正は晴れ晴れと笑った。

噴水広場を出て歩くうち、カエデや松や桜の樹形がハッキリ見えるようになり、東の空は一層明るくなった。空を見上げて神鈴が言う。

「あ、ほら、もうすぐ太陽が昇るわよ」

一同は足を止めて空を仰いだ。

「夜明けと夕暮れって、似た感じだけど朝のほうがいいわね」

みんなで太陽の最初の光を待った。薄い茜《あかね》から金白色へ、そして水色から藍色《あいいろ》へと、夜が姿を変えていく。塗り変わってしまえば銀杏《いちょう》の黄色が映える空なのに、今は太陽と月、朝と夜とが混在している。

「毎日夜は明けるのに、不思議なもんだな」

と、小宮山さんがしみじみ言った。

「そうだねえ。なんだかありがたい気がするよ。ただの朝なのに」

「あらぁ、同じ朝が明けるわけじゃないから当然よ」

みんなで東の空を見る。その顔に光は等しく注ぐ。怜は赤バッジの本当の姿を振り払う。ぼくらはあいつを地獄に帰した。だからこのメンバーがいるのなら、極意さんに憑いた悪魔も追い返せるんじゃないのかな。もっと本気で戦えば。

企画展示室の暗闇から出て朝日を浴びれば、絶望よりも希望が勝る。朝日の中では勝てる気がする。けれど、あのおぞましい少女を思い出すと恐ろしくなる。少女が怜にもたらしたのは底なし沼のような恐怖だ。想像していたモノとは違う。今まで見てきたモノとも違う。問答無用の邪悪さだった。

「安田くん」

と、背中で警視正が言う。

「アルバート・ダーセニーの魂は、地獄へ戻っただけで滅びてはいない。ミカヅチが戦わない理由はな、相手を滅する手段がないからだ」

その囁《ささや》きは誰でもなく、怜だけに向けられたものだった。

「さあ、では乗ってください」

土門が車のドアを開け、後部に二列の座席を作った。今回はお掃除道具が少なかったので、警視正を除いて八人が乗車できる計算だ。いつもなら助手席を狙う赤バッジは、助手席をリウさんにゆずった。前の座席に土門とリウさんが乗っているのが、最も『お掃除業者』らしいという理由からである。中間シートには神鈴と千さんと小宮山さんが乗り、最後尾に広目と赤バッジ、警視正を膝に乗せた怜が乗った。三婆ズを送っていく途中、怜は病院で降ろされる。

「シートベルトをお願いしますよ」

そう言って土門は車を出した。

徹夜したのとお腹が満たされたのとで車内は静かだ。人々が目覚めて動き出す街を、お掃除バンは進んでいく。やがて神鈴の頭がコクリと動いて小宮山さんの肩に乗った。三婆ズも動かない。警視正も怜の膝に正座したまま目を閉じている。

一方で、怜と広目と赤バッジはギンギンに目を見開いていた。人の身でありながら死霊と関わり、その成分を吸い込んだのだ。ナイフのように神経が研ぎ澄まされて、通常の何倍も感度が鋭くなっていた。

「おまえはなぜ悪魔について調べようという気になった?」

しばらくすると、呼吸音のように微かな声で広目が訊いた。赤バッジは無言であった。

「調べていたのは契約解除の方法か? そうではあるまい」

ギョッとして怜は赤バッジを見た。その横顔は土門班長の丸い頭に注がれたまま、ルームミラーにも映り込んでいない。

一秒、二秒……三秒くらい経ってから、赤バッジは唐突に言った。

「昨夜はあいつと戦えてよかった」

今度は広目が黙る番だった。一心に目を閉じたまま、すうと鼻から息を吸う。

「おまえらと一緒なら、できる気がしてきたからな」

かつての自分なら単純に喜んだと思う言葉だが、広目の霊能力を通して赤バッジの今を知った身には、意味を測りかねるところがあった。

怜はただ、黙って二人の会話を聞いていた。

赤バッジは正面を見るのをやめて、最初に広目を、そして怜を見て微笑んだ。

「俺はミカヅチ班が好きになった。おまえらに対して信頼が生まれた」

「何を言いたい」

「さあな」

と、今度は牙を見せて笑う。

「新入りはともかく……この俺が気づいていないとでも思ったか。おまえが悪魔について調べたかった本当の理由は、『そのとき』が来て自分が悪魔に変ずる前に、死ねる手段を探すためだな。そうだろう？」

「……え」

怜が空気のような声を出す。赤バッジはさらに口を開けてニタリと笑った。

「だよなー……だが、無理っぽいってことはわかった。今回のアレで」

そう言うと広目の首に腕を回して抱き寄せた。そのまま絞め殺すつもりじゃないかと、怜が不安になるような殺気を放つ。赤バッジは広目にささやいた。

「だから安心しろ、アマネ……ほかの方法を考える」

「ふん」

広目は冷たく赤バッジの腕を振り払い、完全に背中を向けてしまった。

赤バッジも両脚を広げて腕組みをし、これ以上話すことはないという素振りで目を閉じた。警視正も動かない。土門も前を見たままだ。

悪魔の書籍を調べようとしたのは、自殺方法を知るためだった？

腕の傷以上の痛みを怜に与えて、広目と赤バッジは沈黙を続ける。

そのときが来たら死ねるように方法を探す。ダーセニーのようになってしまえば死ぬことすらもできなくなるから。

恐ろしい少女の姿がまた目の前をチラついて、怜は凍えて不安になった。

フロントガラスの向こうに見える信号機。ビルや街路樹、朝の空。横断歩道を渡る人、車の列に道路標識……見えているものだけが現実なのか。こちらとあちらが昨夜のように繋がるときが来るというのか。

……時が来る……そのときが来るぞ……

まさかそのとき扉が開いて、人の四分の一が死ぬのだろうか。

手のひらにイヤな汗をかき、心臓がバクバク躍った。

二十七日、月曜日。普通のように朝が来て、普通の人の一日が始まる。普通の人が行き交う世界を、怜は独り、凍えた気持ちで車窓から見ていた。

To be continued.

参考文献

『聖書』フェデリコ・バルバロ訳（講談社）
『海舟全集』勝安芳（改造社）
『英国幽霊案内』ピーター・アンダーウッド著　南條竹則訳（メディアファクトリー）
『コンウィ城』Cadw. ウェールズ政府（国家著作権・２０１８年初版）
中世犯罪博物館　参考：https://gigazine.net/news/20120415-middle-ages-crime/

本書は書き下ろしです。
この物語はフィクションです。実在の人物・団体とは一切関係ありません。

〈著者紹介〉

内藤 了（ないとう・りょう）

長野市出身。長野県立長野西高等学校卒。2014年に『ON』で日本ホラー小説大賞読者賞を受賞しデビュー。同作からはじまる「猟奇犯罪捜査班・藤堂比奈子」シリーズは、猟奇的な殺人事件に挑む親しみやすい女刑事の造形がホラー小説ファン以外にも広く支持を集めヒット作となり、2016年にテレビドラマ化。本作は待望の新シリーズ第6弾。

青《あお》屍《し》
警《けい》視《し》庁《ちょう》異《い》能《のう》処《しょ》理《り》班《はん》ミカヅチ

2024年10月16日　第1刷発行　　定価はカバーに表示してあります

著者…………………………内藤《ないとう》 了《りょう》

発行者……………………篠木和久

発行所……………………株式会社 講談社

〒112-8001 東京都文京区音羽2-12-21

編集03-5395-3510

販売03-5395-5817

業務03-5395-3615

KODANSHA

本文データ制作……講談社デジタル製作

印刷…………………………中央精版印刷株式会社

製本…………………………中央精版印刷株式会社

カバー印刷……………株式会社新藤慶昌堂

装丁フォーマット………ムシカゴグラフィクス

本文フォーマット………next door design

ISBN978-4-06-537340-8　N.D.C.913　250p　15cm

そなた。狐火舞うころ、
彼に出会うであろう。

その男、獣の如く。

警視庁
異能処理班
ミカヅチ
第七弾

内藤了

2025年初夏　時が来る、〝そのとき〟が。

講談社
タイガ

よろず建物因縁帳シリーズ

内藤 了

首洗い滝
よろず建物因縁帳

クライマーの滑落事故が発生。現場は地図にない山奥の瀑布《ばくふ》で、近づく者に死をもたらすと言われる「首洗い滝」だった。広告代理店勤務の高沢《たかざわ》春菜《はな》は、生存者から奇妙な証言を聞く。事故の瞬間、滝から女の顔が浮かび上がり、泣き声のような子守歌が聞こえたという。滝壺より顔面を抉《えぐ》り取られた新たな犠牲者が発見された時、哀しき業を祓《はら》うため因縁物件専門の曳《ひ》き屋《や》・仙龍《せんりゅう》が立つ。